Una palabra tuya

Seix Barral Biblioteca Breve

Elvira Lindo

Una palabra tuya

Prólogo de Monica R. Bedana

Obra editada en colaboración con Editorial Planeta – España

Composición: Realización Planeta

Bajo el sello editorial SEIX BARRAL M.R.
Avenida Presidente Masarik núm. 111,
Piso 2, Polanco V Sección, Miguel Hidalgo
C.P. 11560, Ciudad de México
www.planetadelibros.com.mx

Primera edición impresa en España: septiembre de 2023
ISBN: 978-84-322-4234-2

Primera edición impresa en México: noviembre de 2023
ISBN: 978-607-39-1034-7

Impreso en los talleres de Impregráfica Digital, S.A. de C.V.
Av. Coyoacán 100-D, Valle Norte, Benito Juárez
Ciudad De Mexico, C.P. 03103
Impreso en México - *Printed in Mexico*

UNA MISTERIOSA E INCONTROLABLE POTENCIA

POR MONICA R. BEDANA

Esta criatura está incluso más viva que cuando, en 2006, vino al mundo editorial, parida por la magnética capacidad fabuladora de una de sus protagonistas, Rosario. Es rarísimo y portentoso, en este siglo en el que cada palabra pierde validez en cuestión de horas, que una novela, con el paso de los años, no sólo aguante impávida la relectura, sino que incluso potencie su carga emotiva y transfiera intacta al lector de hoy la vigencia íntima y social de los temas que toca. Tanto los nuevos lectores como los que vuelvan mil veces a este texto acabarán pidiendo lo mismo: dame más palabras tuyas, porque son las mías, porque yo también quiero *explicarme* al mundo de esa manera tan rotunda, y que el mundo, de una puñetera vez, me comprenda. Y, de paso, comprenderme yo. Y aprender a perdonarme.

Tres son los personajes principales de *Una palabra tuya*: dos mujeres, Rosario y Milagros, que se conocen desde pequeñas sin ser exactamente amigas —«qué poco sabemos de los demás»— y un hombre, Morsa. Los tres acaban siendo compañeros de trabajo, barrenderos en Madrid. Los tres arrastran el oficio de vivir y llegará un momento en el que el oficio sin más, el barrer calles, los lleve de forma *esperpéntica* —luces de bohemia iluminan esta novela— a replantearse el vivir. Para dos de ellos, solamente dos, se abrirá un ventanuco por el que colarse a un vivir pleno, con derecho a felicidad o al roce con ella, al menos.

Rosario narra los hechos, los de todos. Tiene treinta y pocos años y ese nombre infinito que la define con exactitud: las cuentas del rosario se pueden desgranar sin parar, son cuentos de nunca acabar. Dotada de una facilidad de palabra arrolladora, de un discurso que casi avasalla, la fluidez verbal de Rosario y su toma de posiciones rayaban el engreimiento, a mis ojos de lectora del 2006. No era yo la única en sentirse algo molesta. Ella lo explica así: «Al principio fue un trago. Todo. Por un lado, mi orgullo herido, que decía Milagros que mi orgullo no es orgullo sino soberbia, pero yo te demuestro que es orgullo, porque no me digas que no es fácil de entender que ser barrendera no es el sueño de alguien que ha llegado hasta primero de facultad. Por muchas oposiciones y muchas pruebas que te hagan para hacerte el contrato, por mucho que tengas que arrastrarte para que te den tu huequecito laboral, para mí este trabajo fue la típica caída en picado en el escalafón social». Hoy, tras la crisis de 2008, la pandemia, la guerra en Ucrania, el imperio de las tecnologías y las nuevas desigualdades que generan, sabemos que *trabajos-basura* y trabajos *tóxicos* son casi todos, así que no podemos sino aplaudir a Rosario por hablar alto y claro de ese temprano orgullo herido. Ella sabía que la soberbia nunca echa raíces en los barrios obreros. Su amargura por lo que la vida le ha negado, su «sentido de la justicia, que yo lo tengo muy interiorizado», quien quiera hoy reprochárselos que tire la primera piedra. Ese desgarre por haber puesto el listón muy alto y luego no lograr alcanzarlo representa la frustración de la sociedad entera, con más incidencia precisamente entre las mujeres y los jóvenes. Es más: Sagrario anticipa también ese cansancio crónico, estructural, del que hoy ya no conseguimos recuperarnos: «Al principio me dolía todo. Los músculos y la moral. Cualquier cosa hería mi dignidad. Cosas a las que luego te vas acostumbrando».

El vendaval que sopla en el discurso de Rosario nos da de lleno en la cara y levanta el velo de la tremenda soledad de estos personajes, que también es la nuestra. Querer comprensión en un mundo en el que ya nadie escucha. Ser el centro de la vida de alguien, incluso cuando ese alguien a menudo te estorba, como le pasa a Rosario con

Milagros. Casi cualquier persona parece mejor opción que tener que apechugar con el vacío no deseado, un vacío que siempre sale a flote mientras nos estamos hundiendo. El desgaste que la soledad produce en el ser humano es el primer desgaste del vivir. Ponerle palabras a todo esto para convertirlo en magma volcánico en lugar de losa granítica que podría aplastar al lector, es uno de los milagros de la novela. No nos cansamos de la actividad cerebral de Rosario; al contrario, la bendecimos, porque destapa de golpe las necesidades de todos. Su madre le ha hecho creer que ese pensar y pensar y pensar es algo monstruoso y que por eso ella nunca ha tenido inocencia, ni siquiera de niña. Está poseída por ese «retorcimiento», debido a su «enorme inteligencia». Pensar, hoy, es el pecado más oprobioso del ser humano, a los ojos de un sistema que nos deslava sutilmente el cerebro día tras día. Tenemos que agradecerle a la narradora de esta historia que reivindique el pensar mucho; que escarbe en cada hecho sin conformarse con las apariencias; que nos empuje a descubrir que la primera apariencia es ese carrito de la basura que ella empuja; que rescate de los deshechos el derecho al pensamiento, para todos, sin distinciones de ninguna clase. Ésta es una novela indócil: es el secreto de su vigencia. En *El oficio de vivir*, el escritor italiano Cesare Pavese anotaba: «Ojalá llegáramos a tratarnos a nosotros mismos como tratamos a los demás, de los que sólo vemos un rostro impenetrable, a través del cual imaginamos en ellos una misteriosa e incontrolable potencia. Al contrario, de nosotros mismos conocemos cada tara, distinguimos con claridad nuestras hesitaciones y así acabamos esperando que una fuerza inconsciente nazca en nuestro interior y actúe con finura autónoma». La fuerza de Rosario para superar cada tara y cada duda es todo menos inconsciente: surge del asiduo hilar fino de su pensamiento. Es así como logra ganarse el derecho a ser mujer en sus propios términos. Lo hace tras una lucha no exenta de golpes bajísimos contra la *misteriosa e incontrolable potencia* de su madre. Esa potencia, mezclada con la injusticia del mundo, casi la lleva a convencerse de que sus taras son genéticas. Casi la lleva a odiar la cara que tiene y su nombre.

«Madre» es la palabra que más se repite en la novela. Vuelve más de doscientas cincuenta veces. No falla Elvira Lindo cuando escribe que los algoritmos, que me han permitido llevar esta cuenta, en realidad «son los padres». La madre de Rosario, que cree saber con exactitud cómo es su hija, que se arroga el poder de *predecirla*, se parece a la mujer escondida en el cuento *El papel amarillo*, de Charlotte Perkins Gilman. La madre de Rosario es una obsesión que se mueve, desquiciante, bajo el entramado del papel de empapelar del cuarto de su hija, y allí la confina, la recluye en una única forma de existencia, la condena a un solo papel, el que ella le ha asignado. Hay que arrancar ese papel trozo a trozo, tirarlo a la basura y liberar a la mujer empapelada. Ni el más sofisticado de los algoritmos conseguirá nunca dar con una hija que no tenga una madre *de misteriosa e incontrolable potencia.* Una madre que, simplemente, no te haga sentir remordimientos. No pide nada más Rosario. Ninguna hija pide nada más. La habilidad humana de cada hija quizás consista en arrancar el papel y procurar no sentirse ella misma un escombro, no tener la tentación de tirarse a algún vertedero.

«Madre», en la novela, es también el deseo de serlo. Mejor dicho, es un deseo general de procrear, no concierne sólo a los personajes femeninos. Es un deseo amniótico, que todo lo envuelve, repara y vivifica. Para Rosario es posibilidad de ser madre de una forma diferente a como fue la suya, es la voluntad de contradecir el algoritmo de los padres. También para Milagros, la amiga rara, pegajosa, que inspira vergüenza ajena, que parece no estar capacitada para la mayoría de las cosas, es el triunfo de ser mujer de forma indiscutible, incuestionable, aún más libre, si cabe, que la ponderada Rosario, que todo lo analiza y lo cuestiona. Es la chispa que, cuando se enciende en los protagonistas, puede salvarlos de la soledad o arrastrarlos a la locura: hay una línea impresionantemente directa entre la desesperación y la alegría en el libro, y el lector la recorre de un tirón. Se trata, por encima de todo, de entregarse con generosidad para que la historia siga: *Con el tiempo, también ella, / que alimentó a otros cuerpos, se ha roto y doblegado. / No está bien mirarla, ha perdido las fuerzas; / sin embargo, entre los muchos, una hija suya vuelve a pasar / por las calles, en el atardecer, y a ostentar en el viento, bajo los árboles, sólido y fresco, su cuerpo que vive.* Es otra vez Cesare Pavese, en la colección de poemas *Maternidad*, y parecen palabras nacidas para resumir *Una palabra tuya.*

«Materna» llamamos también a la primera lengua que nos amamanta, aunque luego comprendamos que, como pasa con la maternidad, la lengua en la que sientes haber nacido no siempre es una cuestión biológica, y nuestras palabras pueden tener muchas madres y muchos padres. La vibrante alternancia de registros que Elvira Lindo utiliza en esta novela, pasando de lo más coloquial y popular a lo más hondo de la introspección —*Una palabra tuya* tiene forma de monólogo casi teatral—, al humor negro, a la crónica de sucesos, a los cortes brutales, trágicos y cómicos, que Rosario distribuye a diestro y siniestro, a la precisión de las pinceladas científicas —«soy una basurera antropóloga», declara—, construye una lengua vivísima y vivida, que asombra al lector línea tras línea.

Hay luces de bohemia y muchas sombras en esas madrugadas de Madrid en las que Rosario y

Milagros van empujando sus carritos para adecentar las calles que volveremos a pisar. Hay esperpento en sus vidas y en las nuestras. Y hay, por encima de todo, una fuerza creadora *de misteriosa e incontrolable potencia* que es la única capaz de generar sentido cuando el mundo lo pierde: se llama literatura. Esto es lo que hay en *Una palabra tuya*.

Para Antonia Garrido, in Memoriam

¿Por qué no morí cuando salí del seno,
O no expiré al salir del vientre?
¿Por qué me acogieron dos rodillas?
¿Por qué hubo dos pechos para que mamara?
Pues ahora descansaría tranquilo,
Dormiría ya en paz,
Con los reyes y los notables de la tierra,
Que se construyen soledades;
O con los príncipes que poseen oro
Y llenan de plata sus moradas.
O ni habría existido, como aborto ocultado,
Como los fetos que no vieron la luz.
Allí acaba la agitación de los malvados,
Allí descansan los exhaustos.

El Libro de Job

CAPÍTULO 1

No me gusta ni mi cara ni mi nombre. Bueno, las dos cosas han acabado siendo la misma. Es como si me encontrara infeliz dentro de este nombre pero sospechara que la vida me arrojó a él, me hizo a él y ya no hay otro que pueda definirme como soy. Y ya no hay escapatoria. Digo Rosario y estoy viendo la imagen que cada noche se refleja en el espejo, la nariz grande, los ojos también grandes pero tristes, la boca bien dibujada pero demasiado fina. Digo Rosario y ahí está toda mi historia contenida, porque la cara no me ha cambiado desde que era pequeña, desde que era una niña con nombre de adulta y con un gesto grave. Digo Rosario y parece que estoy oyendo a mi madre, cuando aún pronunciaba mi nombre por este pasillo, cuando aún recordaba mi nombre y venía a traerme la comida en la bandeja con ese vaivén con el que andaba penosamente, siempre torcida hacia la izquierda, siempre con un aire de desilusión que se disipaba cuando hablaba con mi hermana por teléfono. Digo Rosario y me viene el recuerdo intacto de su desilusión y de la ausencia de mi hermana, que se esfumó antes de que mi madre empezara a esconderse en el armario y sólo volvió para verla morir. Mi hermana dijo, mírala, me reconoce. Pero era mentira, era una mentira de mierda. No me reconocía ni a mí que le cambiaba el pañal todos los días y la ataba a la silla para que no se lo hiciera en el pasillo y pintara con sus excrementos las paredes. Yo la avisaba, mamá, te ato, te voy a atar, y a veces parecía hasta que me extendía los brazos para facilitarme el trabajo, como un niño que sabe que un impulso irrefrenable lo llevará a portarse mal.

Digo Rosario y pienso en lo que soy pero también en todas las cosas que podía haber sido. Ya sé que no soy vieja, pero dime, cómo podría cambiar ahora de pronto, cómo se cambia, dime, cómo se da un vuelco al presente cuando te has ido enredando en algo que no querías. Y eso que en el último año pinté las paredes, coloqué esos estores que parecen japoneses, y vendí toda la habitación de mi madre, hasta el armario de luna, que mi hermana se empeñaba en que tenía algún valor, y yo le decía, pues ven y llévatelo o véndelo tú, mójate; pero ella quería que me encargara yo de hacerlo, como siempre. Ella fiscaliza, pero no actúa. Al final lo vendí por una miseria a los gitanos del Rastro y me sentí tan aliviada de perderlo de vista que casi hubiera dado yo el dinero porque se lo llevaran. A saber quién se está mirando ahora en él.

Ella no se escondía en el armario de luna, se metía en el armario empotrado de la entrada, será porque una vez le vi las intenciones de colarse dentro del de luna y le di una torta en la mano, así, como se hace a los niños, y lo cerré con llave y me guardé la llave en el bolsillo. Me quedé un momento pensando después de hacerlo, era como el gesto de una carcelera o de la enfermera de un manicomio. Desde luego no estaba dispuesta a que se venciera el armario de luna con su peso, aunque al final mi madre pesaba muy poco, le pasó como a la fruta cuando se seca, que parece de papel. Ella lloriqueó un rato mirándose la mano, ya digo, como los niños, luego se fue al del pasillo, al empotrado.

El colchón lo bajé a la calle a las tres de la mañana. Le dije a Milagros que pasara con la camioneta a recogerlo. Mi calle no entraba dentro del recorrido que tenía asignado Milagros pero si había algo que le podías pedir a ella es aquello que otros no se atreverían a hacer ni en nombre de la amistad. Sabía que más tarde o más temprano cualquier furgón de la basura se hubiera llevado el colchón pero yo no quería encontrármelo ahí cada mañana al salir a la calle, tapado con una funda que tapaba otra funda que escondía todos los orines y los vómitos y el olor que despedía ella en los últimos tiempos por mucho que la lavaras y que la perfumaras.

El final fue de chiste (quiero que se me entienda bien cuando digo «de chiste». Es mi forma de hablar. Debería decir que el final fue dramático, pero no es mi estilo, yo digo «de chiste»). Mi madre nunca había tragado a Milagros, es como que la hacía responsable de no sé qué pendiente vital en la que yo había caído, y fue irónico, digo, porque un mes antes de que muriera yo me pillé unas fiebres muy altas provocadas por una infección de riñón, y fue Milagros (no mi hermana, ni una de las vecinas) la que se instaló en casa y la que iba de una habitación a otra, feliz de ser necesitada, cambiando el pañal a esa mujer que tantas veces la había mirado así por encima del hombro, con desprecio. Esa nueva madre que fue mi madre, la vieja que se metía en el armario empotrado, la frutilla seca, había olvidado su antigua actitud, todos sus desplantes anteriores y la llamaba hija y le acariciaba la cara. Yo, sinceramente, y no sé si se me puede entender sin juzgarme como una canalla, pero consideraba un fracaso que fuera Milagros la que nos estuviera cuidando. Sé que es ruin, lo sé, lo sé, pero en el fondo pensaba, ¿esto es todo lo que me merezco?, ¿es que no hay en el mundo, aparte de esta mujer de aspecto infantilón, gorda de comer porquerías, inocente hasta rozar la anormalidad, no hay en el mundo nadie más que nos quiera, que se ofrezca a echarnos una mano?

Yo no conocí a Milagros en este trabajo. Eso es lo que no me explico, que nos conocemos desde el colegio y tenía experiencia como para haberla evitado. Si quería deshacerme de ella, la vida me dio muchas oportunidades. Pero no supe o no quise. Ahora ya no sé. Fueron como tres fases diferentes en nuestra amistad, bueno, amistad, yo no siento que sea una amistad como la que pueden tener dos personas mayores, porque más que complicidad había necesidad de algún tipo, aún no he conseguido analizar eso. Pero puedo decir que nuestra relación fue como una especie de empeño tozudo que ella tuvo en rondar a mi alrededor a lo largo de los años. Podemos hablar de tres encuentros y de tres oportunidades de quitármela de encima.

Siempre igual, nuestra relación siempre fue igual, luego dicen que las personas cambiamos. Una mierda. Yo estoy marcada, marcada. Rosario, ésa es mi marca. La marca del niño que es raro. Y Milagros reconoció mi marca desde el principio. Desde ese curso, quinto o sexto, en el patio de la escuela. La rara, que era ella, la rara recién llegada del pueblo, reconoció a la rara que era yo. Los raros nos olemos. La diferencia es que yo me he esforzado durante toda mi vida en ser normal y apartarme de mi tribu. Pero no me han dejado. Máxima aspiración en mi vida: ser normal.

Las otras chicas siempre andaban apostándose con ella cosas estúpidas: le ofrecían alguna moneda por ver cómo ella tiraba los chicles a la tierra y los pisaba y se los volvía a meter en la boca o cómo se hacía sangre en la boca con unas ramillas que crecían en los descampados y se llamaban Cortalenguas. Milagros sacaba la lengua ensangrentada y las niñas se echaban a gritar y a correr. Y a mí me hería (y sólo tenía nueve años) que ella no se ofendiera por las risas ajenas. Al contrario, ella las perseguía muerta de risa y todas entraban como en una especie de histeria colectiva. Al final, ya no le echaban ni dinero. No hacía falta. A Milagros le gustaba llamar la atención, aunque fuera haciendo el monstruo. La Monstrua, la llamaban. La Monstrua se sentó a mi lado en el pupitre, o me la sentaron, ya no me acuerdo, y me contagió su condición. Nos señalaron como monstruas a las dos. Ya digo, nueve o diez años. Yo le echaba la bronca, le afeaba esa afición a hacer el ridículo, y ella, después de escucharme atentamente, me decía, a ti lo que te pasa es que tienes envidia de mi popularidad. Y de alguna forma te puedo decir que ésa es la misma conversación que seguimos teniendo hasta el final. ¿Cambian las personas? Lo dudo. Es posible que el dinero sea lo único que nos haga cambiar en esta vida. Ése es el motivo de mi afición a los juegos de azar, que sospecho que si de pronto recibiera un dinero inesperado, una gran cantidad, podría mejorar como persona y llevar una vida que estuviera más de acuerdo con mi idea de la felicidad, pero como no me ha ocurrido son sólo especulaciones.

Ella era ajena a lo que los demás opinaran de sus actos, es como si no le funcionara bien esa parte del cerebro que tenemos todos para saber que se están burlando de nosotros y para sentirnos mal, ridículos. Ella transformaba esa burla a la que estaba sometida su persona constantemente en otra cosa. Creía que la gente la quería, estaba tan convencida que hubo veces, en serio, que casi hasta me hizo dudar a mí, que casi me convenció, porque es verdad que siempre tuvo cierta astucia para colarse en casas ajenas, en fiestas. Yo estoy segura de que no la invitaban por amistad, la llamaban simplemente como diversión, o para que sirviera las copas, qué sé yo. Pero ella no lo veía así. Todos los grupos necesitan un tonto. El tonto nunca está solo. Yo lo veo así. Sin embargo, nadie quiere tener a su lado a un aguafiestas, aunque sea más inteligente. Ésa es la razón por la que yo siempre he estado más sola.

Sí que es verdad que debería agradecerle mi actual medio de vida porque a lo de las basuras entré a trabajar por ella. Tampoco es el gran chollo. Me la encontré por la calle un día hace dos años y me dijo, vamos a tomar algo, y yo varias veces le dije que no y que no, escarmentada como estaba de la experiencia anterior, pero me contó que sabía que había unas plazas en una contrata de limpieza y, la verdad, yo entonces estaba a dos velas, malviviendo con la pensión de mi madre, y otra vez me embaucó. Ésta fue la tercera fase. Yo hacía tiempo que no la veía, unos ocho años, desde la época (segunda fase) en que ella echaba unas horas en el taxi de su tío Cosme. Habíamos dejado de vernos en segundo de BUP, porque ella no acabó el instituto, lo dejó en segundo. La cosa fue más o menos así: una mañana, bajo a la calle, muy temprano, noche cerrada aún, para ir a unas oficinas de una agencia de viajes que yo limpiaba entonces. A mi madre no le había dicho que era limpiadora sino que yo estaba en la sección de atención al cliente, con mi mesita y mi ordenador, para que no se disgustara, y a mi madre era muy fácil engañarla porque era una mujer que no sabía nada, pero nada de nada de la vida. Así que, como digo, estoy refugiada en la marquesina de la parada del autobús, muerta de frío y de sueño, mes de febrero, creo, con otros tan helados y tan dormidos como yo, y veo que, en la misma parada, para un taxi. Y nada, yo como todo el mundo, ni puto caso. Pero entonces va y pita. Todo el mundo mirando. Y en esto que se baja la ventanilla, y quién asoma la cabeza, Milagros, con la sonrisa de siempre, diciendo, qué pasa, tía, que ya no saludas a las amigas. Me abre la puerta y me dice que me lleva al trabajo. Me monté y fue verme allí metida, tan calentita, con la calefacción a toda hostia y con la radio puesta, y sentir la felicidad en estado puro. Y como me sobraba tiempo, quince minutos, paró el taxi en el parque del Templo de Debod, y dijo, este reencuentro lo vamos a celebrar, y se lio un porro.

Yo no fumo. Vamos, no me habré fumado más de treinta porros en mi vida, pero dije, vale, a ver si se me hace más llevadera la mañana. Ya ves, sin nada en el estómago, imagínate, con tres caladas, me entró una risa, una flojera, una paz espiritual, que ella lo interpretó como el comienzo de un ritual diario. Al día siguiente, allí la tenía, en la misma parada, con la misma gente mirando, y así un día tras otro, hasta que al quinto día que aparcó delante de la parada, le dije, vamos a quedar en mi portal porque esta gente está empezando a irritarse. La gente echaba chispas, natural, tú estás esperando en la cola del autobús, jodido, a las siete y media de la mañana y sistemáticamente una tía de la parada se monta en un taxi que la viene a recoger y eso te quema la sangre. Con la misma puntualidad empezó a venir a mi calle. Esperaba en doble fila y todos los días lo mismo, el termo del café, el porrito, el bollo, la música. Me hacía llegar tarde. Yo le decía, Milagros, que me van a echar de la agencia, que la cosa se pone tensa.

—Esa gente no te merece —decía, y tenía los ojos llenos de rencor, como si conociera a esa gente, como si supiera de qué estaba hablando, y como si yo le hubiera pedido, defiéndeme, Milagros.

Porque ella era así, hablaba de lo que se le pusiera por delante. Tú sacabas un tema con Milagros y te lo desarrollaba hasta la extenuación. Y hablaba de una forma un poco pomposa, como si fuera una experta, hablaba de la gente, de mí, de la vida, farfullaba, hacía como que sabía, hablaba por hablar y era de estas personas que no conocen el punto y aparte; hablaba como si los temas no se acabaran nunca, como si su cerebro fuera incapaz de encontrar un final para una frase y su discurso se moviera en espiral y cuando tú creías que estaba al fin a punto de callarse volvía sobre lo mismo, al punto de partida, incansablemente. Yo creo que aparte de que fuera una forma de hablar que tendría de nacimiento, porque se está descubriendo que no todo depende del aprendizaje sino que hay sistemas de pensamiento que vienen de fábrica, y no creo que fuera una persona muy inteligente, está su propia historia personal que pudo afectarla y a todo eso hay que sumarle los porros, que uno o dos, o cuarenta, como yo me habré fumado, no te afectan, pero si empiezas la mañana, antes incluso del café, fumándote uno, pues se te queda el cerebro acolchado, como de gomaespuma. Pero ya era así de pequeña, ya tenía esa verborrea que no había forma de que parase, en clase, en el camino a la escuela, en el váter, siempre hablando por lo bajo, como si no fuera capaz de encontrar el final de una historia. Y siempre echando mano de frases hechas. Eso es algo que siempre me ha puesto muy nerviosa, las frases hechas. Me acuerdo de una tarde de estas de agosto en Madrid de calor africano, a eso de las cuatro, que salí a la calle, en parte por el tabaco y en parte por la necesidad urgente de quitarme a mi madre de encima un rato

—porque si no dime tú qué haces en la calle Toledo a las cuatro de la tarde en un agosto—, y me había puesto la mano en la cabeza porque notaba que me quemaba, y de pronto, oigo a mi espalda, con esa voz aguda inconfundible, «ponte a la sombra, que los bombones al sol se derriten», y tras la frase vinieron las risas de unos chavales a los que les debía parecer de lo más cómico que aquella gorda soltara semejante piropo y que encima la destinataria fuera yo. Me volví para matarla, fui hacia ella con una niebla de furia que me cegaba los ojos, te lo juro, le dije cogiéndole de la camiseta, eres subnormal, eres una retrasada, eso es lo que eres.

Pero vamos, también estoy dispuesta a admitir que la aversión a las frases era algo secundario en nuestra relación, esas frases las dice mucha gente que es normal y se comporta de forma normal, y las admites como un pequeño detalle de vulgaridad que tienen las personas, pero no es la razón fundamental para que alguien te irrite.

No me echaron de la agencia exactamente, pero cuando llegó la hora de renovarme el contrato no lo hicieron. Yo me lo veía venir. Eso sí, ha sido la única vez en mi vida que de verdad he tenido astucia, porque aguanté el tipo como una jabata a pesar de ver las malas caras que me ponían mis compañeros cuando llegaba media hora o tres cuartos de hora tarde. Reconozco que al final me pasé mucho. Es que los porros me daban como una especie de estoicismo supremo. Comprendo que uno se aficione a ellos, aunque no lo comparto. Me mordía la lengua con los reproches que me hacían las otras dos compañeras de la limpieza y también aguantaba sin protestar que las empleadas de la agencia dejaran el váter hecho una mierda con toda su mala intención. Después de limpiar un año seguido los váteres aquellos te diré que cuando las tías se ponen a ser guarras no hay quien las haga sombra. Es un mito falso eso de que las mujeres son más limpias. No envolvían ni las compresas en la papelera. Lo hacían a propósito las muy puercas. Pero yo estuve firme, yo firme, esperando a que llegara el día en que me pudiera ir con mi paro en el bolsillo.

A mi madre no la dije nada cuando me pusieron en la calle para que no sufriera y para que no me diera el coñazo con su sufrimiento. A mi madre la he mentido mucho. No fueron nunca grandes mentiras, sino procesos largos de pequeños embustes que se iban enredando, de esto que empiezas a mentir y ya te pierdes porque no te acuerdas de cuál ha sido la mentira anterior, y realmente el final de ese proceso, penoso para mí también, es que te has inventado tu vida entera. Que si estaba atendiendo a los clientes en una agencia de viajes, que si me iban a hacer fija pronto, que si ya me han hecho fija. Yo mentía a mi madre y ella, que ya digo que no era una mujer muy perspicaz, como son otras madres que te pillan el embuste por el tono de voz, ella extendía la mentira, la ponía en circulación, que era lo que me provocaba más inquietud. Yo le decía, mamá, no presumas, no se presume, ¿y si mañana me echan?; pero ella decía, cómo no voy a presumir, hija mía, qué cosas tienes, qué corazón tiene la madre que no presume de lo que consigue un hijo. Así que cuando me echaron pensé, para qué decírselo, ¿para que sufra la gran decepción?, igual la mujer se muere antes de que yo me vea en la tesitura de contarle la verdad. Además, yo seguía saliendo de mi casa a la misma hora porque a Milagros se le ocurrió que podíamos asociarnos, que para una mujer taxista siempre es mucho más seguro ir acompañada. Ya ves tú la pinta que tengo yo de sacar la cara por nadie, pero bueno, ella lo decía como argumento de peso. Y eso hacíamos, a las siete de la mañana bajaba y allí estaba ella, en su doble fila, como si me hubiera estado esperando toda la noche. Nunca parecía tener sueño, tampoco mal humor. Ella se mostraba siempre activa, pendiente de su organización. El café, el bollo o las porras. Si yo le decía, por ejemplo, me gustan las porras, a partir de ese día, ella venía con porras todas las mañanas. Como el camarero pesado al que le pides tres días lo mismo y ya te lo ha puesto en la barra según te ve entrar por la puerta. Dicho así podría parecer que para mí era como quien tiene una esclava, pero para nada, ella era complaciente pero de alguna manera te imponía su presencia. Era como decir, te doy caprichos pero no me despego, tengo derecho a no despegarme.

Yo no siempre fumaba canutos. Me acababa hartando de sus rituales. Yo creo que los rituales acaban con la inteligencia de las personas porque el que hace todos los días de su vida lo mismo no tiene que pensar ni improvisar sino dejarse llevar por lo que ha hecho siempre. Además a mí los porros me ponían los ojos hinchadísimos, se me ponía literalmente cara de imbécil, me miraba en el espejillo del quitasol y pensaba, pero qué cara de imbécil tengo. Yo no lo puedo ocultar, mi rostro se chiva. A mí la gente me ve la cara cinco minutos después de haberme fumado un canuto y me dice: te has fumado un canuto. No era sólo que llegara tarde a la oficina, sino que debía llegar con una peste a chocolate y con una cara de gilipollas que echaba para atrás. De todas formas, fumara o no fumara, el resultado era el mismo, acababa mareada de tragarme el humo de ella. Era fumadora pasiva de chocolate.

A eso de las ocho y media o así montábamos algún cliente. Muchos pedían que bajáramos la ventanilla porque, la verdad, había veces que no se podía respirar pero Milagros la bajaba un momento y la volvía a subir. Me acuerdo de una vieja, que decía, «¿A qué huele, a qué huele?, huele como la habitación de mi nieto». Y Milagros dando puñetazos al volante de la risa que le daba. Fíjate cómo olería que un estudiante que iba a la Complutense nos preguntó si teníamos algo de costo para venderle. Recuerdo a Milagros contestando de pronto con un ataque de vehemencia de esos que le daban, pero tú qué te has creído, niñato, le decía, yo no soy camella de nadie, y bajándose del coche y abriéndole la puerta al chaval para que se bajara; y yo luego diciéndole, guárdate la dignidad para otras ocasiones, cómo no quieres que la gente te pida chocolate, si el taxi huele que tira para atrás.

Para colmo no había forma de que se aprendiera nada del callejero. Le decía al cliente, usted me dice por dónde, que es que acabo de empezar esta semana con el taxi y no quiero darle vueltas. Y entonces había que rezar para que el cliente tuviera alguna noción del camino hacia su destino y, si no la tenía, que al menos supiera interpretar el plano del callejero porque si no podíamos dar vueltas y más vueltas. Le pasaba como con la conversación, se movía en espiral, sin ponerse nerviosa (ella ya iba suficientemente anestesiada), el que se ponía nervioso era el cliente, que a veces se bajaba harto de pasear por un barrio desconocido. Y lo que te digo, que a las ocho y media de la mañana, ella ya se había fumado dos porros. El cliente acababa furioso, yo con un nudo en el estómago, y ella como una rosa. A ella no le afectaba el estrés de sus semejantes.

No, yo tampoco sé interpretar un plano. Pero es que en principio lo que ella me había pedido es que la acompañara para darle una seguridad, fue un año que mataron a dos taxistas, que había robos cada dos por tres, y yo iba con mi navaja en el bolsillo, una porra debajo del asiento y un spray cegador. Y bastante sumida en mis pensamientos. Al final, naturalmente, me acabé sabiendo yo Madrid como la palma de mi mano. Ganas me daban de quitarle el volante y que se dedicara ella a la seguridad, que dada su envergadura le correspondía más que a mí, pero no tengo el carné. Me suspendieron tres veces el teórico y no iba a pagar otra vez la matrícula. No soy millonaria. Ella tampoco tenía carné pero a ella no le importaba. Su tío Cosme, el titular del taxi, creía que sí que lo tenía. Yo le decía, tía, un día te vas a buscar una bien gorda y se la vas a buscar de rebote a tu tío también, y ella me contestaba, pero vamos a ver, ¿tú es que te crees que toda la gente que va en coche ahora mismo por Madrid tiene carné?; y yo le decía que por lo menos los taxistas estaba segura casi al cien por cien de que sí que lo tendrían, y ella hacía un gesto de suficiencia, bajaba los ojos, sonreía, como si te estuviera diciendo, tú no tienes ni idea de la vida, querida. Eso también me daba mucho coraje de ella, cuando se hacía la experta, la sabia. Era patético porque era una tía que a los dos minutos de conocerla ya te dabas cuenta de que la pobre, por lo que sea, porque es una persona que no tuvo apoyo o medios o cariño, porque no tuvo una madre detrás, como tuve yo, o porque sencillamente era un poco limitada (a eso súmale lo de los porros), por la suma de todos esos factores, te dabas cuenta de que no tenía idea de nada.

Una mujer le fue contando a mi madre que me veía cogiendo un taxi todas las mañanas a las siete. Y otra mujer le fue contando que me veía volver todas las tardes a casa en taxi. En la finca de mi madre hay tanta viuda que es como si en cada planta hubiera una portera. Mi madre, angustiada, me esperó detrás de la misma puerta, como si me llevara esperando desde que salí por la mañana. Cada vez que tenía que decirme algo que ella consideraba importante hacía lo mismo. A veces era que se le había pasado el arroz. Ay, mamá, y qué pasa, no se va a acabar el mundo. Me asustaba, porque era abrir y se me echaba literalmente encima y me seguía por el pasillo, con el vaivén cada vez más pronunciado, como un barco.

Qué disgusto, nena, qué poca cabeza, yo, que no me cojo un taxi ni para ir al del seguro, y mira cómo estoy yo, que me venzo para la izquierda, pero tú que estás en la flor de tu vida, tú que tienes dos buenas piernas, dime, si te lo gastas todo en taxis, qué te queda si se da un imprevisto, qué te queda a ti, Rosario, si yo me muero pasado mañana, tendrás que hacer frente a mi entierro, no le vas a cargar el muerto sólo a tu hermana, que tiene familia, qué futuro te espera si te gastas el sueldo en taxis, hija mía, que ese dispendio es algo que ofende a los vecinos, porque todo el mundo va a trabajar en su autobús, en su metro, pero a quién has salido tú. Y yo pensaba, a mi padre. Y ella decía, a tu padre, igual, igual. Un hombre que nunca pensó en las consecuencias de sus actos, ni en el dolor ajeno. Si me muero, Rosario, se te acaba mi pensión, tendrás que vivir sólo de lo que ganas, y repartir el piso con tu hermana, y yo no quiero que me queméis, no quiero que me queméis, que es lo que hacen ahora con todo el mundo porque dicen que sale más barato.

—Quién dice que sale más barato —le decía yo comiendo, intentando no perder los nervios—, quién lo ha dicho.

—En la tele —decía mi madre—, en Madrid directo lo dijeron el otro día y ellos no mienten.

—Tú te crees todo lo que dice la tele —le decía yo, con una tranquilidad que aún la hacía angustiarse más.

—¿Es que ya te has informado, dime, Rosario, no mientas a tu madre, es que ya has ido a enterarte? —me decía de pie, a mi lado, tirándome del brazo.

—No, mamá, no he ido a enterarme de nada, que estás loca, no tengo yo otra cosa que hacer.

—Sí, sí que has ido, te lo veo en los ojos, y yo no quiero que me mandéis al horno crematorio, que aquellos a los que queman no tienen ni otra vida ni encuentran la paz, se quedan sin vida eterna y vagan sin consuelo entre los vivos, eso está en las Escrituras.

—¿En qué escrituras —le decía yo—, pero de qué escrituras hablas?

—Prefiero ir al infierno, escúchame Rosario,

al infierno prefiero ir antes de que me queméis el cuerpo cuando el alma aún se encuentra en transición y está a punto de iniciar su viaje. El horno te deja el alma desconcertada, eso es lo que pasa. Y no quiero que me quiten los ojos para otro, como hacen muchos familiares ahora, que allí mismo en el hospital se dejan convencer por los médicos, que se llevan un porcentaje, seguro, yo no quiero donar los ojos a cualquier desconocido, yo sólo donaría los ojos a mis nietas. Ay, señor, pero para qué van a querer mis nietas mis ojos si tengo cataratas, con lo hermosos que ellas los tienen. Mis ojos sólo los quieren para la investigación, y yo no quiero que investiguen conmigo como si fuera un mono de Gibraltar. Mis ojos en una probeta, y luego encima de una bandeja, y yo mientras en la tumba sin mis ojos o peor aún, vagando sin consuelo entre los vivos pero sin los ojos, con las cuencas vacías. Yo quiero estar entera dentro de mi tumba, que cuando alguien lea mi nombre, Encarnación, sepa que bajo esa lápida está Encarnación de los pies a la cabeza. A veces sueño que me quemáis porque sale más barato, sueño que entro en el horno y me desintegran y vosotras me metéis en el tarro del azúcar. Y no siento dolor físico, no, porque los muertos gracias a Dios están libres del dolor físico, lo que siento es una pena espantosa porque mis hijas, por ganarse tres duros, han vendido mis ojos a la Facultad de Medicina y para ahorrarse otros tres duros me han metido en el horno como si fuera un cordero. No, no me callo, no me callo, no me quiero callar, porque lo veo venir, porque sé que te lo gastas todo en taxis, gamberra, manirrota, sinvergüenza, taxi para arriba y taxi para abajo, como las prostitutas, que la gente dirá que nos sobra el dinero. Y al final, con todo este derroche, tendrás que hacer lo que te salga más económico, como si lo viera, ay, Rosario, pero cuando uno se salta la voluntad de los muertos, y más cuando la muerta es tu propia madre, uno no puede dormir tranquilo, te lo advierto. Tú quémame y yo, la misma noche del crematorio, me aparezco en el pasillo y te salto al cuello.

CAPÍTULO 2

Morsa me preguntó si éramos lesbianas, así, de pronto. Sin que hubiéramos iniciado una conversación que poco a poco nos llevara al tema y sin que aún tuviéramos la amistad que más tarde tuvimos. Nos conocíamos sólo de la rutina del trabajo y de tomarnos unas cañas después, pero nada más. No me dijo exactamente si éramos lesbianas, me dijo bolleras. ¿Vosotras dos sois bolleras, no? Íbamos en el camión, ya de recogida. Después de la pregunta se echó a reír con esa risa suya, bruta, entrecortada. Me miraba de reojo, yo seguía con la vista atenta al frente, sintiendo que un sudor nervioso empezaba a calarme hasta el jersey, notaba que él me miraba, atento a mi reacción.

—Eso es lo que se comenta —decía sin perder la sonrisa—, y yo prefiero preguntártelo.

Normalmente, volvemos andando con el carro y los cubos, pero ese día estaba lloviendo y yo me encontraba regular, tenía un dolor de ovarios que me doblaba. No es un trabajo duro para el que necesites una fuerza física extraordinaria, de hecho, ya me ves, yo soy normal tirando a floja, no tengo fuerza en las manos, y tengo una espalda esmirriada, pero quieras que no, recorrerte de cabo a rabo toda una calle empujando el carro, manejando el cepillo, vaciando las papeleras, cansa, cansa mucho. Cansa la rutina. Yo te puedo decir ahora mismo el número de papeleras que tiene la calle Condes de Barcelona, porque ya te vuelves tarumba, maniática, y dejas de mirar a tu alrededor y te pones a contar papeleras en series de diez o de veinte y cuentas también los minutos que necesitas en hacerte quince papeleras, y haces combinaciones numéricas y les das un sentido simbólico, dices, por ejemplo, si me hago diez papeleras en diez minutos hoy echaré un polvo, y aunque hay una parte de ti que te dice que eso es una gilipollez, la otra parte, la que te conduce por el lado de las manías, te hace ir deprisa, deprisa, mirar el reloj, correr como loca para que incluso te sobre tiempo y puedas respirar aliviada, esperanzada, sabiendo que seguramente no echarás un polvo pero que al menos no has cerrado una puerta. Yo qué sé, son formas de ocupar la mente. A mí las manías me ayudan a soportar la rutina. La rutina, el ritual, venenos para la inteligencia, para la memoria. Luchar contra la rutina, aunque sea con estos juegos idiotas, me hace el trabajo más llevadero. Me cronometro. Cinco minutos: tres papeleras.

Al principio me ponía la radio con cascos, pero a los jefes no les gusta, porque no oyes al compañero cuando te pita desde el camión para que le descargues el cubo, y porque en la calle tienes que estar al tanto, aun con la chupa reflectante puesta siempre hay algún subnormal que está a punto de llevarte por delante con el coche, por descuido o por placer. La calle está llena de anormales. Cuando nos llamaron la atención por llevar los cascos, Milagros optó por llevar la radio pegada con fixo en el mismo cubo, iba empujando el carro con la música a toda hostia, parecía que llevaba un carro de helados. Alguna vez le protestaban desde un balcón, pero ella no se achantaba, les plantaba cara, «¿Pero qué te pasa a ti, paleto?, vete al campo, ya verás qué silencio tienes allí, cateto, encima de que le estoy limpiando la calle, me dice que me calle el gilipollas». Eso sí, en cuanto veía que se acercaba el jefe la apagaba, y en cuanto le veía alejarse, la volvía a encender. Ella decía que de la radio no pensaba prescindir y se ponía a cantar a voz en grito, como una loca. Yo me acabé alegrando cuando me llamaron la atención por llevar los cascos porque escuchar música a las seis de la madrugada, sola, de noche todavía, me ponía muy triste. Me daba por pensar en mi soledad existencial, ¿entiendes?

Un día muy temprano, pusieron *Voulez-vous*

coucher avec moi. Yo estaba tarareándola porque es una canción que desde que la bailé en una función de fin de curso disfrazada de negra con una peluca afro que me compró mi madre siempre me ha dado un buen rollo impresionante y pasé muchos años bailándola delante del espejo de luna, reviviendo los aplausos que recibimos las tres que hicimos el número (afortunadamente, Milagros ya había dejado por aquel entonces el colegio porque, si no, fijo que me habría tocado hacer el número con ella), aunque ya un buen día, hace no tanto, perdí la ilusión y me pareció patético verme tan mayor con la peluca delante del espejo y con mi madre sin memoria en el armario empotrado y dejé de hacerlo para siempre. Pero esa mañana, a esas horas en que parece que el Creador está haciendo magia y que, una por una, toca con sus dedos las cosas para que adquieran su forma y sus colores precisos, la canción que en un principio había empezado tarareando y que estaba a punto de bailar movida por la inercia de los recuerdos de aquella función se me fue quedando helada en la boca. Por un lado pensé en todas las promesas que me había hecho la vida y que luego me había arrebatado, por otro, empecé a imaginarme a toda esa gente que estaría todavía bailando en una discoteca, toda esa gente que saldría medio borracha y volvería a casa dando tumbos y se dejaría caer en la cama y dormiría mientras la ciudad se ponía en marcha. Lo veía tan claramente como Dios debe ver a sus hijos, desde arriba, vigilante pero sin intervenir. Me ha pasado muy pocas veces, ese desdoblarme y entender de forma tan nítida el funcionamiento del mundo, como entiende el relojero la maquinaria del reloj, pero cuando me ha ocurrido he tenido que empezar a respirar hondo porque el corazón se me desbocaba. Dijo el médico que era ansiedad. Es la respuesta mágica que han encontrado cuando no saben muy bien de qué les estás hablando.

Yo estaba ahí, liliputiense, recogiendo mierda, escuchando aquella canción, imaginando la maquinaria planetaria, y saliendo a duras penas de ese ensimismamiento, porque todos esos pensamientos un tanto astrales me habían descolocado de tal manera la cabeza que me encontraba a punto de marearme y me costaba entender lo que tenía delante de mis ojos: un tío ahorcado debajo del scalextric. Llamé como pude, con dificultades para atinar en los números, al encargado. Yo pregunto: ¿es necesario suicidarse así, en plena noche, en ese lugar comido por las ratas, a la espera de que pase una pobre desgraciada, como yo, y te vea con los pies colgando? ¿No tienes una habitación, tío, no tienes una madre para que sea ella la que te encuentre primero, o un hermano para que sea el que te descuelgue, no tienes una miserable caja de pastillas?

Me acuerdo de que una vez le dije a Milagros: Milagros, mi vida es para suicidarse. Era en los últimos tiempos de mi madre, imagina, su afición al armario, tener que atarla, lo que se hacía encima, o aquella tarde en que untó la pared con sus propios excrementos. Yo lo decía para desahogarme, pero en el fondo, no tengo valor para eso, ni quiero, yo adoro la vida, aunque la vida haya sido muy perra conmigo y me haya puesto las cosas difíciles y no me haya concedido el dinero necesario para cambiar. Pero lo repito: adoro la vida. El caso es que Milagros se me queda mirando y empieza a llorar desconsoladamente y me dice: si un día tú decides suicidarte, si un día tú lo tienes claro y quieres hacerlo, yo me suicidaré contigo. Al principio me quedé muy sorprendida pero luego me dio la risa. La abracé y le decía, ay, Milagros, ni suicidándome me voy a librar de ti. Ay, Milagros, qué sabes tú de suicidios. Y ella lloraba y lloraba. Qué poco sabemos de los demás.

Por alguna razón la música todavía me exageraba más ese tipo de pensamientos negros, así que, ya te digo, me alegré cuando nos prohibieron llevar el discman. Sin música, mejor. Menos emociones. A mí me sobran las emociones. Al principio yo tuve muchos problemas con este trabajo. No con el trabajo en sí, porque yo en el trabajo cumplía, entre otras cosas porque ya no me quedaban más huevos. A mi madre le había contado que estaba trabajando en el departamento de limpieza del ayuntamiento pero de capataza, no de barrendera, porque yo sé que para ella hubiera supuesto un trauma verme barriendo. Milagros me decía que es que en mi casa hemos tenido siempre mucha arrogancia, aires de grandeza. No me voy a defender. Sólo sé que mi madre, hasta que yo tuve unos quince años, tuvo muchacha y ella no sabía lo que era limpiar un váter, y para ella ver a su hija limpiando era bajar varios peldaños en la escalera de la vida. Para mí también. Son prejuicios que, quieras que no, te los inculcan en tu educación desde pequeño, y ahí se quedan. Es un orgullo de clase, sí, pero no sé por qué tengo que pedir perdón por ello.

A mí no me gustaba limpiar la agencia de viajes, pero por lo menos en la agencia, para empezar, trabajabas bajo techo y, además, era un sitio más discreto, tú te organizabas y procurabas quitarte de en medio cuando llegaban los clientes. De ahí a limpiar la calle, a la vista de todo el mundo, hay un abismo. Es un palo. Yo lo veía así. Me llega a tocar mi barrio en el reparto y yo no acepto el puesto, eso tenlo por seguro. Pero como me salió el barrio de Pacífico, me dije, esto para mi madre es como la China. Pero en esta vida nunca estás a salvo. Me acuerdo que un día se me cruzó una de las amigas viudas de mi madre. Justo la misma portera que le había ido con el cuento hacía años de que me veía todos los días montándome en un taxi. Ésa. La vi venir cruzando la calle hacia mí y pensé, joder,

joder, es que no me lo puedo creer, otra vez esta tía, será posible la persecución a la que me tiene sometida, esta portera se ha propuesto no dejarme vivir en paz la cabrona. Se acercaba hacia donde yo estaba, paralizada, apoyada en el cepillo. Hubiera jurado que me estaba mirando, porque tenía la cara del que va, pero cuál no sería mi sorpresa cuando veo que la mirada de la tía me traspasa, sigue andando, y me deja atrás. No me había reconocido. Se ve que ni se le pasó por la cabeza que aquella barrendera que había dentro de un traje verde fosforescente y que tenía un cepillo en la mano era la hija de su vecina Encarnación, la que siempre va en taxi.

Al principio fue un trago. Todo. Por un lado, mi orgullo herido, que decía Milagros que mi orgullo no es orgullo sino soberbia, pero yo te demuestro que es orgullo, porque no me digas que no es fácil de entender que ser barrendera no es el sueño de alguien que ha llegado hasta primero de facultad. Por muchas oposiciones y muchas pruebas que te hagan para hacerte el contrato, por mucho que tengas que arrastrarte para que te den tu huequecito laboral, para mí este trabajo fue la típica caída en picado en el escalafón social. Más luego los detalles prácticos del propio trabajo, el tener que llamar al del camión para que pase a recoger un gato muerto o un perro o al tío de los pies colgando, que no es algo excepcional, Sanchís se encontró a un tío ahogado en el estanque del

Retiro, que todavía es más siniestro, porque se lo estaban comiendo las carpas, que comen carne humana con toda naturalidad, según Sanchís, que lo vio con sus ojos. Que conste que yo, en un primer momento, lo vi así de lejos, a mi muerto, desde la bruma de mis pensamientos, y pensé que estaba vivo porque no estaba totalmente quieto, pendulaba, como si se acabara de colgar en ese momento. Me quedé parada, sin entender nada, pensé, la gente es la hostia, qué te parece, a las seis de la mañana haciendo el mono. Pero pasaba el rato y nada. Nada. Me acerqué un poco más y ya me pareció que los brazos también colgaban a lo largo del cuerpo y entonces me di cuenta de que el balanceo del tío se producía cada vez que pasaba un coche por arriba y los pilares del scalextric vibraban.

Dios mío, Dios mío, Dios mío. Sólo me salía eso de la boca y ni tan siquiera me podía oír mi voz porque llevaba los cascos puestos escuchando *Voulez-vous coucher avec moi*, que a raíz del suicida, cuando la oigo, se me acelera el corazón y me salen tres o cuatro canas del susto. Es un reflejo que me ha quedado y que me ha impedido escuchar esa canción en concreto, con la de buenos recuerdos que me traía (menos el del día en que me vi mayor con la peluca afro reflejada en el espejo de luna. De esa imagen prefiero no acordarme).

Hay compañeros que son como más fríos y sin que les tiemble el pulso se echan el muerto al cubo (me refiero a un animal) hasta que llega el Cabstar y lo recoge, pero yo no. A mí me da mucho escrúpulo. Yo no puedo empujar el carro sabiendo que llevo dentro un pájaro muerto. No me atrevo ni a arrimarlo al borde de la acera con el cepillo. Sólo de pensar que puedo encontrarme con los ojos de un bicho muerto en algún momento me espanta. Porque está demostrado que el alma tarda un tiempo, al menos un día, en abandonar el cuerpo de un ser vivo, hasta que el cuerpo físico pierde el último punto de calor en las entrañas, y quién sabe de quién es el alma que está en los ojos de un pájaro, o quién fue el ser humano que se reencarnó en ese perro muerto que hay en medio de la calle y que tú empujas con el cepillo. Yo, desde luego, mientras no se demuestre lo contrario, creo en la reencarnación.

Al principio de este trabajo, no me preguntes por qué, ves toda la mierda. La distingues toda. Es como si los ojos se te convirtieran en lupas. Distingues todos los escupitajos, todas las cagadas, las cucarachas que se cruzan, las ratas, la porquería que se acumula en los alcorques, las bolsas que la gente deja a deshora al lado de los bancos o en los árboles, las patas de pollo que sobresalen de las bolsas, que brillan en la oscuridad, y que parecen que claman al cielo pidiendo auxilio, los condones usados de alguien que echa un polvo rápido en el coche y luego abre la ventanilla y lo tira en medio de la calle lleno de semen, el vómito que aún huele a alcohol agrio y a cena descompuesta y las hojas de los árboles, que cuando el tiempo está seco vuelan y se te escapan y cuando llueve se pegan al suelo como calcomanías y no hay forma de despegarlas.

Yo empecé a currar con la caída de la hoja, en esa época contratan al doble de gente, y te aseguro que si tienes una idea romántica del otoño ahí se te acaba cualquier romanticismo. Se lo aconsejo a cualquiera: si quieres meterte a barrer, no lo hagas en otoño. Pero por otra parte, como es lógico, es la estación en la que contratan a más gente y la gente hoy en día trabaja en cualquier cosa. Y más los inmigrantes. O gente como yo, que teniendo una mínima posición, por azares de la vida, nos vemos arrojados al trabajo de calle. Yo tenía una compañera ecuatoriana que me decía que después de haber limpiado en tres casas, esto le parecía el paraíso terrenal, decía que siempre es más llevadero limpiar porquería en abstracto, la porquería anónima de la calle, que la mierda que producen unos seres concretos a los que a veces tienes una manía espantosa y que te están explotando miserablemente. Es una forma de verlo muy respetable también.

Empecé, ya digo, para los dos meses de la hoja y luego, como puede verse, me quedé para siempre. Yo me había hecho mis cálculos, había pensado, Rosario, estás octubre y noviembre, y mientras, te buscas otro trabajo mejor, bajo techo por lo menos. Pero no lo hice. Salía a las dos de la tarde, me tomaba una caña con los compañeros en el bar y cuando volvía a casa me tumbaba en el sofá, me ponía la tele y me echaba una siesta de tres horas. A mi madre esa actitud le quemaba la sangre, decía (cuando aún decía algo), hija, por la Virgen, pierdes la tarde, apúntate a una academia de inglés o de mecanografía para manejar el ordenador, que el inglés no te va a sobrar nunca en ningún trabajo, que con el inglés se te abrirán puertas y sin el inglés se te cerrarán todas. Así lo decía, tal y como lo escuchaba en los anuncios de la radio. Con el inglés, las puertas abiertas; sin el inglés, las puertas cerradas. Yo no he conocido a ninguna persona que diera tanto crédito a la publicidad como mi madre, ella no tenía ese mecanismo tan simple por el cual distinguimos lo que es información y lo que es propaganda. Su obsesión era que si me aplicaba y estudiaba inglés igual podía intentar que me contrataran otra vez en la agencia de viajes. Eso venía en parte porque a los seis meses de salir de la agencia ya no pude alargar la mentira por más tiempo y no tuve más remedio que confesarle que ya no trabajaba allí, sencillamente se me acabó el paro y mis planes de enriquecimiento en el taxi con Milagros se habían quedado en nada.

Cómo nos íbamos a enriquecer si Milagros no veía el momento de montar en el taxi a ningún cliente, si se nos iba todo lo que habíamos sacado en restaurantes. Si nos lo pulíamos a diario. Yo le decía, esto es un desastre, Milagros, un desastre.

Nos comimos mi paro, nos comimos lo poco que salió del taxi y a Milagros su tío Cosme le dijo un día, bonita, se acabó el taxi, yo el taxi no te lo he dado para que te pasees con una amiguita por Madrid. Y de muy buenas maneras la mandó a tomar por culo. Natural.

Me acuerdo del último día que Milagros me llevó a casa y me dijo, esto se ha terminado, mi tío dice que antes que confiar en mí se busca una inmigrante. Y yo le decía, es que, Milagritos, Mila, esto se veía venir, no se puede vivir así, haciendo lo que a una le apetezca sin pensar en el mañana. Y ella decía, Rosario, ¿es que para ti no cuenta todo el tiempo que hemos pasado juntas, todas las experiencias acumuladas, todos los restaurantes?, ¿es que para ti la vida es sólo trabajo, trabajo y trabajo?

Ya ves, me lo decía a mí, que no he sido precisamente el colmo de la responsabilidad. Pero ella me abocaba a ese papel como de hermana mayor, como de madre, ahora que lo pienso.

Ella decía, nunca nos vamos a ver en otra en la vida. Nunca podremos tener tan buenos recuerdos como éstos.

Y visto con la perspectiva del tiempo, puede que tuviera razón. Yo ya no me he visto en otra. Ahí se acabó el dinero y se acabaron los restaurantes y los porros y las mañanas de paseo en el taxi del tío.

Qué raros son los recuerdos que nos hacen disfrutar de una felicidad de la que no nos dimos cuenta y con la que no fuimos felices.

El caso es que ante la evidencia de la falta de dinero le tuve que decir a mi madre que no me habían renovado el contrato. Mi madre se ha ido enterando de mi vida poco a poco, digamos que con cierto retraso y con un poco de adorno. Pero no era voluntad mía mentirla, hay personas que te piden que las mientas; a mí bien que me hubiera gustado llegar a casa con la verdad por delante, pero me vi obligada a enredarme en embustes para que no sufriera. Le dije que no me renovaban el contrato porque necesitaban a una persona con un nivel de inglés más alto que el mío. Mi nivel es cero, todo hay que decirlo, pero eso mi madre no lo sabía. Luego me arrepentí de haberle dicho eso porque a ella se la quedó grabado en su cerebro aquello del inglés, y entre mis palabras y el anuncio de la radio (con el inglés se te abren las puertas y sin el inglés se te cierran todas) no había tarde que no lo repitiera dos o tres veces, y encima elegía para machacarme con el asunto cuando acababa de despertarme de la siesta, que es cuando yo personalmente tengo menos aguante. Todos estos consejos me los daba, claro, cuando aún el cerebro le servía para retener alguna cosa, aunque mi madre siempre fue una de esas personas a las que sólo les caben tres ideas en la cabeza y esas tres ideas las marean durante toda una vida. Ella siempre decía que veía más para mí y para cualquier mujer femenina (mi madre siempre añadía lo de femenina, cosa que me dolía) el trabajo en la agencia de viajes que el de capataza de basureros. Ay, pensaba yo, si tú supieras que por no ser no soy ni capataza. Luego se consoló un poco cuando la dije que Milagros estaba de barrendera. Mi madre decía, ¿ves?, a Milagros lo de barrer, el trabajo físico, le va como anillo al dedo, porque dime, Rosario, si tu amiga Milagros no trabaja limpiando, dime tú dónde la colocas, ¿de cara al público? No, eso desde luego que no.

Para mi madre, ver que existía un escalafón y que yo estaba por encima de Milagros fue una forma de acomodarse a la idea de que su hija trabajaba en las basuras. Además, oyó por la radio que encima de los antiguos vertederos estaban construyendo parques y eso la tranquilizó mucho y durante una temporada siguió muy de cerca todas las noticias que salían por la tele relacionadas con el reciclaje de residuos y se las contaba a sus amigas, como si yo tuviera alguna mano en eso. Se ilusionaba con poco.

Yo creo que fue justo en aquellos dos meses de la caída de la hoja cuando me empecé a dar cuenta de que se desorientaba en el pasillo. Salía de la cocina y en vez de ir a la derecha hacia el salón con la bandeja en la que me traía la comida echaba a andar en dirección contraria. Se la llevaba al váter y allí se quedaba, de pie, con la bandeja en las manos, sin saber qué hacer.

—Mamá, qué haces.

Se daba la vuelta, me miraba, y me seguía hasta el salón, avergonzada por el despiste, con el balanceo aún más acusado.

Un día llego a casa, abro, y ahí estaba, detrás de la puerta, como siempre que me tenía algo que contar que ella consideraba «importante». La miro y veo en su cara una sonrisa, una sonrisa pícara y misteriosa. Me pone la comida sin decir palabra, deprisa. Y se queda a mi lado, de pie, impaciente porque acabara rápido. Cuando yo me empiezo a pelar la pera veo que saca una botella de pacharán del mueble bar y me dice mientras sirve dos copas: hoy tenemos algo que celebrar, nena. A ver si va a estar caducado el pacharán, le digo. El pacharán estaba en el mueble bar desde mi primera comunión, que yo me acuerde. Y ella, molesta, porque siempre decía que yo era experta en echarle por tierra sus ilusiones, dice: anda, anda, Rosario, qué cosas tienes, si el alcohol, cuanto más años pasan más valor tiene. Bueno, qué, le pregunto, qué es esto tan importante que me tienes que decir. Y entonces, va y me cuenta que ha llamado mi hermana, para decir que viene por Navidades, que le dan permiso en el trabajo y que nos va a presentar a su novio. Se me paró el corazón, de verdad.

—Mamá, mamá, qué novio ni qué niño muerto, de qué novio estás hablando.

—De un muchacho que ha conocido en el mismo Corte Inglés, él está en la planta cuarta y ella en la baja; él en electrodomésticos y ella en perfumería. Parece ser que se han conocido en los ascensores.

—Mamá, que Palmira está casada desde hace diez años con Santi, mamá, que tienen dos hijos, que tienes dos nietos, mamá, qué me estás contando, mujer.

Se quedó paralizada, con las manos agarradas a la mesa, como si tuviera miedo de caerse si se soltaba. Murmuró, no, no, qué va, va a venir con su novio a presentárnoslo, la tenías que haber oído, menuda ilusión tenía, y yo también tenía ilusión, hija mía, pero siempre me la quitas, eres especialista en quitarme la ilusión, siempre me echas por tierra todas mis esperanzas. Y se puso a llorar. La sacudí fuerte agarrándola por los hombros, pero ya no dijo nada, se quedó como buscando en la maraña de su pensamiento todos los recuerdos que le habían desaparecido desde aquella llamada que mi hermana le había hecho hacía ya lo menos doce años hasta ese momento del presente en el que estaba sirviéndome un plato de pescado y una copa del pacharán de mi primera comunión.

Durante aquellos dos meses que me contrataron para la caída de la hoja no busqué ningún otro trabajo. Ni fui a una academia de inglés. Para qué coño quería saber yo inglés si me pasaba las horas con un cepillo en la mano sin hablar con nadie.

Al principio me dolía todo. Los músculos y la moral. Cualquier cosa hería mi dignidad. Cosas a las que luego te vas acostumbrando. Por ejemplo, limpias un trozo de la calle y entonces pasa un individuo a tu lado y sin mirarte, sin reparar en ti, se arranca del pecho un tremendo escupitajo. Limpias una esquina y alguien te adelanta con un perro y el perro va y caga, y nada, ahí se queda la mierda. Empujas el carro a lo largo de la calle y algunas viejas están vigilando en la ventana, esperando a que pases por debajo y entonces, desde un cuarto, desde un quinto piso, tiran la bolsa de la basura para que tú la recojas. Y la bolsa se revienta al caer, claro. Se esparce toda la basura de la vieja por la acera, las pieles de los plátanos, los desechos del pollo, los restos del cocido, los botes vacíos de las medicinas, el pañal enorme que le pondrá al marido, toda la vida de la vieja se desparrama delante de tus narices para que la recojas.

Un día se me hinchó la vena porque la bolsa casi me da en la cabeza y me puse a insultarle a gritos a una de aquellas viejas, la llamé cerda, bruja, muérete ya, cabrona, de todo, y entonces salió el dueño de un bar y me dijo, qué quieres, ¿que se la coma la porquería a la pobre abuela que no puede ni dar dos pasos?, bastante hace que espera a que tú pases. Por Dios, mujer, me decía el humanista, un poquito de compasión.

—¿Y de mí —le gritaba yo—, quién tiene compasión de mí?

Son cosas a las que te acostumbras, te acostumbras a que la desconsideración de la gente no te haga daño. Se te hace callo en el alma igual que en las manos. Al principio, te digo, cuando salía de noche, en el turno de la seis de la madrugada, que en invierno se hace tan duro por el frío, ese frío cabrón que a mí me traspasa todos los calcetines, me sentía desgraciada por mi manía de compararme con el resto de la humanidad. Milagros decía que era envidia, y no, no es envidia. Ni es soberbia ni es envidia. No lo digo por defenderme, pero no es envidia. Es el sentido de la justicia, que yo lo tengo muy interiorizado. Hay personas que viven una vida asquerosa en todos los sentidos, desde el sueldo que ganan hasta el marido que les tocó en la rifa, o la cara horrenda que les ha dado Dios para que afeen el mundo a su paso, y sin embargo, esas personas son felices con lo que tienen, son felices cuando dicen, qué bien que estamos todos juntos otra vez por Nochevieja; son capaces de ver a todo ese famoseo que sale en la televisión entrando y saliendo de fiestas, entrando y saliendo de hoteles, saliendo del aeropuerto, entrando en el AVE, y en ningún momento se les pasa por la cabeza el pensar, y por qué coño ellos sí y yo no. A ver, que alguien me diga por qué. Son personas que ven al prójimo y no se comparan, ¿no es increíble? Y se alegran cuando los Reyes de España saludan desde el yate en verano porque no son capaces de hacer una mínima reflexión, no son capaces de decirse a sí mismos, qué pasa aquí, qué pasa conmigo, Dios mío, tú que todo lo ves, por qué a mí no me llega el sueldo ni para ir a un cámping de Benidorm. Indignaos, coño, que no tenéis sangre en las venas. ¿Estoy hablando de la envidia?, pregunto.

Mi madre solía decirme, hija mía, es que tú tiendes a ver siempre la vida por el lado más desagradable. Y si tu madre te machaca con esa idea de ti misma desde pequeña, te lo crees, porque cuando eres niño te crees todo lo que diga tu madre, aunque vaya en contra de tu autoestima, aunque te deje para siempre hundida en el barro, aunque te coma las entrañas, como un alien, la sospecha de que tal vez tenga razón, que puede que la vida sea de otra manera pero que hay algo en ti, como una tara de nacimiento, que hace que la veas por el lado más miserable. Aun así, en cuanto tuve un poquito de uso de razón, en cuanto tuve conciencia, me esforcé por convencerme de que no era mío el problema, como me repetía mi madre, sino del mundo, que no está bien repartido. Ni el dinero ni la belleza. El problema es que en el cerebro de mi madre sólo cabían tres ideas y la pobre las mareó toda su vida y me torturó a mí, y a pesar de que, repito, no era una mujer inteligente, y ahora lo sé, lo sé todo, lo tengo todo ordenadito en el cerebro, los padres, aunque sean tontos de baba, o locos o asesinos, influyen sobre nosotros. Quien haya sido capaz de librarse de una madre que tire la primera piedra.

No tengo ningún interés en ver la vida negra, mamá, te lo juro, le decía, ningún interés, pero cualquier persona con dos dedos de frente se plantea así de crudamente la realidad: esto es lo que Dios les concedió a éstos y esto es lo que me concedió a mí y esto lo que te concedió a ti. Y no hay más verdad en la vida que ésa, mamá. Ella decía que mis creencias eran incompatibles con la palabra de Dios, que Dios nos manda pruebas y que hay que intentar superarlas y que en ese afán se puede encontrar también la felicidad. Y yo le decía que desde hacía tiempo se sabía que marxismo y religión eran compatibles. Y es extraordinario que aunque mi madre no tenía ninguna noción del marxismo, era escucharme decir eso y echarse a llorar. Nunca llegué a entender por qué.

Como ejemplo de esa resignación cristiana que practicaba mi madre y que yo no compartía (para nada) está el hecho de que a mi madre se le caía la baba con los niños de las Infantas. Yo creo que hay madres que acaban queriendo más a los hijos de las Infantas que a los suyos propios. O a los de Carolina, que encima es de otro país. Mi madre puede servir de ejemplo de ese disparate.

Sí, creo en Dios. No veo por qué, no me importa volver a repetirlo, eso tiene que ser incompatible con todo lo que he dicho. Creo en Dios, hablo con él y muchas veces le he preguntado: por qué a mí. Y me ha costado muchos años encontrar la respuesta. Creo que la he encontrado.

Me acuerdo de un libro que me trajeron los Reyes cuando tenía diez años. Se llamaba *Pollyana* y era de una niña pobre y huérfana de madre que vive con su padre; resulta que cuando llegan las Navidades la tal Pollyana tiene que ir a por su regalo a la beneficencia, porque en su casa no hay dinero ni para eso, y la niña se encuentra con que Papá Noel (en este caso las señoras de la beneficencia), por un error organizativo, le ha dejado unas muletas. La niña, Pollyana, se va llorando a casa, natural, pero creo recordar que es su padre, que en el cuento estaba retratado como un santo pero que para mí era un cínico porque si no es que no me lo explico, quien viendo a la niña llorar tan amargamente con las muletas en la mano le enseña a jugar al Juego de la Alegría. El Juego de la Alegría consiste en buscar un motivo de alegría a cualquier acontecimiento de tu vida, por mucho que te joda un acontecimiento. El padre de la niña, San Cínico, le propone que jueguen al Juego de la Alegría con las putas muletas y Pollyana de momento se queda sin habla, con los ojos a cuadros, como se hubiera quedado cualquier criatura ante una propuesta tan ridícula, pero luego de pronto a Pollyana, que hasta el momento parecía un ser inteligente, se le enciende una luz espiritual en el cerebro (es un libro de ficción, evidentemente) y siente que hay razones para ser feliz porque, dentro de las innumerables desgracias que le han ocurrido (muerte de la madre, padre enfermo, pobreza, embargo de la casa, etc.), piensa Pollyana, ya absolutamente contagiada de la locura de San Cínico, ese beato, dentro de la tragedia que marcó su vida desde el primer día en que sus ojos se abrieron al mundo, hay un motivo de celebración: ha recibido unas muletas, de acuerdo, ¡pero no tiene que usarlas, sus piernas están sanas!

Fíjate que yo sólo tenía diez años cuando me leí el libro y ya a esa edad anduve varios días entre cabreada y deprimida. Si no llega a ser porque no quería ofender a mi madre, lo hubiera tirado por la ventana. A mi madre le gustaba. Para ser exactos, le gustaba la teórica: esa niña, la felicidad que provoca el saber resignarse, la superación de contratiempos. Pero en la práctica, ya lo ves, en la práctica mi madre no quería verme limpiando. Los beatos siempre andan en el terreno de la especulación. Ah, la vida real ya es otra cosa. ¿Qué hubiera pasado si yo le hubiera dicho: madre, mira a tu hija, soy barrendera, soy marmota municipal, así me gano la vida y así creo que me la voy a ganar hasta que me jubile? Madre, ¿ahora qué me dices?, ¿no crees que éste es el momento de poner en la práctica el Juego de la Alegría de Pollyana? Me puedo imaginar perfectamente cuál hubiera sido su reacción, ay, hija mía, no seas cruel conmigo, no me castigues, por qué me dices esas cosas. Conclusión: mi madre no se hubiera conformado con las muletas, como no se conformó con que yo no fuera más que tres meses a la universidad, igual que no quería que sus vecinas me vieran en paro, igual que nunca quiso que me vieran con la monstrua Milagros. Y seguro que había momentos en que le hubiera gustado borrarme del mapa para no tener que dar explicaciones a los demás, explicaciones en las que ella también introducía sus mentiras, «la volverán a contratar en la agencia cuando suba su nivel de inglés, esto de la limpieza municipal es sólo temporal», pero todo ese poso de decepción que estaba en su interior lo transformaba en un estado de permanente preocupación por mí, de espíritu de sacrificio. Supongo que así entendía ella que debía ser la actitud correcta ante Dios, pero lo que yo me pregunto es, si Dios sabe lo que cada una de sus criaturas está pensando, si Dios todo lo ve, para qué representar una comedia de cara a Dios. Eso es lo que yo me pregunto.

Por qué tenía yo que vivir esa vida, ésa era mi pregunta íntima y desesperada al Señor. Por qué tenía que salir a las seis de la mañana con un cubo de basura en pleno invierno. No todo depende de Dios, eso está claro, también influye la voluntad, la fortaleza de las personas. Por qué entonces Dios me había dado a mí tan poca voluntad.

Yo siempre paso frío. Veinticinco calcetines que me ponga veinticinco que traspasa el puto frío y me deja los dedos curvados para dentro, como garras de pájaro. Milagros se empeñaba en darme masajes en los pies cuando llegábamos a los vestuarios, decía que había hecho un curso de reflexoterapia por correspondencia. De reflexoterapia. Y cuando yo le preguntaba detalles para desmontarle esa invención tan disparatada, que cuándo había hecho ese curso, que dónde se había matriculado —porque si hay algo que no te puedes imaginar es a Milagros siguiendo un curso de nada—, ella me decía que lo había hecho en todos esos años en que no nos habíamos visto y que cuando yo quisiera me enseñaba el título. Ven a mi casa y te lo enseño, me decía, ahí lo tengo colgado en el recibidor, para no darme importancia.

Ya sé que puede parecer de una mala hostia impresionante este interés mío por desmontarle sus embustes pero es que con ella corrías el peligro de consentir que todo valiera igual: la verdad y los disparates.

Ya sé que yo mentía a mi madre pero no es lo mismo. Yo lo hacía por piedad y ella lo hacía por vicio, por costumbre, ella contaba mentiras y se las creía. Yo las contaba conscientemente.

Hubiera hecho o no hubiera hecho el curso de reflexoterapia por correspondencia a mí sus masajes me aliviaban mucho. La verdad es la verdad y hay que reconocerla aunque nos cueste. Milagros tenía las manos muy calientes, como si tuviera siempre unas décimas de fiebre y era simplemente ponérmelas sobre los dedos desnudos, curvados y rígidos por el frío, y ya me sentía mejor. Además te tocaba sin escrúpulo, de una forma que yo no me siento capaz de tocar los pies de nadie. Me tumbaba en el banco del vestuario, debajo de las perchas, cerraba los ojos y Milagros empezaba a masajearme los pies de una manera que alguna vez hasta me quedé dormida. Las otras compañeras miraban. Al principio, de refilón, luego, convencidas de que Milagros era reflexoterapeuta (por correspondencia), se atrevieron a pedirle masajes. Es lo que te digo, ella conseguía integrarse en los grupos de la manera más estúpida que puedas imaginarte.

De cualquier forma yo siempre notaba una cierta desconfianza hacia nosotras dos, notaba como que se comentaban cosas por detrás. Eso lo notas. Y más cuando te ha pasado desde niña. Yo noto, por ejemplo, cuando me mira alguien que tengo a mi espalda. Fue una pena que no siguiera estudiando psicología porque tenía muchas facultades, y considero injusto que haya que estarse ahí cinco años de carrera para poder ejercerla cuando la psicología es un don y yo, por suerte o por desgracia, lo tengo. Y digo por desgracia porque eso me hace ver en los demás cosas muy desagradables que si yo no tuviera este sexto sentido tan desarrollado que tengo no las vería y sería infinitamente más feliz. La inteligencia a veces es un veneno para la felicidad.

Pero, curiosamente, cuando pasaron los dos primeros meses de la caída de la hoja y fui consciente de que no había buscado otro trabajo, de que no lo iba a buscar, de que nunca me apuntaría a ninguna academia ni de inglés ni de informática y de que me daban de pronto la posibilidad de hacerme fija, pensé, a tomar por culo, firma y olvida, olvida que no quieres estar aquí y que la vida que te ha tocado es la equivocada. Y firmé. Y fue firmar y empezar a salir a la calle de otra manera, con otro empuje. Ocurrió como a los diez días de tener la fijeza. Iba empujando el cubo, al principio de la calle Condes de Barcelona, era completamente de noche y hacía un frío soportable, gustoso. Sentí que el aire me despertaba, que mi cuerpo era más ligero, que el trabajo no costaba y que nada malo podía ocurrirme. Morsa hizo sonar el claxon desde el Cabstar y yo levanté la mano para saludarle. No sé si vio mi sonrisa pero yo misma me quedé asombrada de haber sentido, así, sin oponer resistencia, un pequeño brote de camaradería.

CAPÍTULO 3

—¿Milagros bollera? Yo no lo sé. Yo sé que yo no lo soy. —Así mismo se lo dije a Morsa. Él estaba disfrutando al ver cómo el asunto me irritaba, me hacía tartamudear. Conducía el camión con una mano, sabes, como hacen algunos tíos. Él, tan torpe para casi todo, para rellenar los informes, para expresarse con corrección, conducía con una mano, con la derecha, así, bien abierta, chulo, como quien está sobrado de habilidades. Sonreía mirándome de reojo, se divertía al verme avergonzada—. Yo no tengo nada que ver con Milagros —le dije—, nada.

—Te toca en los vestuarios, todo el mundo lo dice.

—Todo el mundo lo dice —repetí yo, rabiosa— y todo el mundo se pone a la cola para que Milagros le toque. Y además, eso no es tocar, es dar masajes de reflexoterapia. Qué pasa, que a las demás les da masaje y a mí me toca. Pues no lo entiendo.

A Morsa le gustaba irritarme, siempre le ha gustado. Le gustaba porque siempre se ha sentido atraído por mí y es de esos tíos que no saben acercarse a las mujeres si no es siendo un poco faltón, es como esos niños que no saben relacionarse en el patio con las niñas si no es a patadas.

Yo tenía que haberle contestado, y a ti qué coño te importa, pero me vi enredada dándole explicaciones. Caí en la trampa, porque Morsa, aunque para algunas cosas sea muy simple, para otras es retorcido, morboso. Por ejemplo, es un hombre con el que no se puede tener una mínima conversación política, o de un tema de actualidad, porque carece de información y no dice más que tonterías, sin embargo, cuando ve la posibilidad de colarse en tus asuntos íntimos, ay, amiga, has de andarte con cuidado porque ahí se mueve como pez en el agua. Tiene un olfato muy fino para los terrenos resbaladizos.

Digo que caí en la trampa porque Morsa, muy sibilinamente, había pensado: si esta individua quiere demostrarme que no es bollera (aunque lo sea) igual se acuesta conmigo.

Me acosté con Morsa.

Yo, en cuestión de hombres, siempre he puesto el listón muy alto, quiero decir con esto que ninguno de los hombres con los que me he acostado a lo largo de mi vida ha llegado a ese listón para nada. Tú te construyes un tipo de hombre en la cabeza, un hombre con cierta cultura, que te escuche, que sepa conversar, que a la hora de hablar en una cafetería sepa hablar y engatusarte con sus argumentos y a la hora de echarte un polvo lo haga como un macho sensible, que es para mí la descripción perfecta de mi ideal, macho sensible, en otras palabras, hombría más ternura; tú vives con esa esperanza, con esa idealización, pero luego la realidad es otra bien distinta. Si un hombre te gusta olvidas la barriga, el mal aliento de después del sueño, el sonido de las tripas, los ruidos del váter, todo eso, imagino yo, debe quedar en un segundo plano, la miseria debe quedar oculta por el amor; pero yo no he tenido suerte, yo tengo la facultad de sentir desde el primer día lo que deben sentir las parejas cuando llevan veinte años de matrimonio. No soy Pollyana. Y esto se traduce en que he vivido siempre en la contradicción de tener el listón de mi ideal masculino muy alto pero he tenido que ajustarme a lo que la vida me ofrecía, porque si no, hablando claramente, no me hubiera comido una rosca.

Milagros siempre me decía que yo busco en la vida una perfección que no existe, Milagros decía que yo buscaba en los demás una perfección que yo no tengo. A ella le gustaba hablarme así, crudamente. Un día me dijo: Rosario, ¿es que a ti no te huele el aliento por la mañana, es que no te tiras un pedo cuando te levantas? Si tú estuvieras buenísima, Rosario, tendrías a tu lado a otro tipo de tíos, eso es así, desengáñate, a cada uno le toca lo que en justicia le tiene que tocar.

Me hizo llorar. Esa vez me hizo llorar.

—Pero a mí me gustas como eres, Rosario.

—¿Y para qué iba yo a querer gustarte a ti?

—Porque soy la reina, la reina —se reía, como si hubiera un chiste dentro de la frase que nadie más que ella pudiera descifrar, y se metía en la ducha desnudándose delante de mí, sin asomo de pudor, ajena a la más mínima vergüenza, con la barriga doblándosele sobre el pubis, infantil en su gordura y en su forma de pasearse delante de mí, como si tuviera sólo dos años y estuviera pisando la arena de la playa.

Basta con ver a Morsa cinco minutos, ver cómo anda, cómo se expresa, para saber que está muy lejos de lo que yo esperaba. No digo que sea malo, porque Morsa, en el fondo, es una buena persona, y es afectuoso a su manera áspera y leal, a pesar de que le pierde la lengua tan larga que tiene, pero con él tienes que renunciar a tus ideales. Además, cuando yo soñaba con ese hombre hipotético nunca pensaba: deseo que sea una buena persona. No entraba dentro de mis deseos. Quiero decir que no es una característica en la que yo me detuviera. Es evidente que entre un tío cafre y uno bondadoso me quedaría con el bondadoso, pero, para mí, con la mano en el corazón, no es lo más importante. Ahí está mi cuñado. Si a mí me preguntan, cómo es tu cuñado, contesto: una buena persona, y luego me callo. Me callo por no seguir diciendo, es un ignorante, un camastrón, un manga ranglan que no tiene inquietudes, que lo pones en ese sillón con el mando a distancia y vuelves a las tres horas y ahí está, hecho un cuatro, puede ver golf, carreras de coches, hípica, toros, natación, saltos de trampolín, documentales de submarinistas, programas de cotilleo. Yo creo que por no hacer, mi cuñado no hace ni zapping. Se lo hace mi hermana. En serio, mi hermana llega de la compra cargada como una burra, como una mujer africana, y le coge el mando y le dice, ¿pero no te das cuenta de que esto es un coñazo, hombre?, y le cambia de canal y le pone a ver otro coñazo y él sonríe, sonríe porque sabe que al cabo de media hora tendrá su plato caliente delante del televisor y así pasará el sábado y el domingo y se acostará y qué, dime tú qué, qué haces tú con un tío con ese cuajo en la cama. Pues nada. A mi hermana ese tío no le ha echado un polvo desde que se quedó embarazada de mi sobrina la pequeña, o sea, desde hace cuatro años. Eso es lo que les ocurre a las mujeres casadas que no se comen un rosco, que se quedan enseguida embarazadas. Debe ser porque se entregan al polvo con muchas ganas y eso facilita la fecundación. Esto no lo he improvisado sobre la marcha, he leído estadísticas sobre el particular.

A mi hermana se la ve ese cansancio de la que ni echa un quiqui ni lo espera echar en los próximos veinticinco años. Es un tipo de mujer que yo tengo muy observado. Son mujeres casadas, porque las solteras como yo tenemos otra cara, la que yo he tenido siempre, por ejemplo, la cara de no encontrar a nadie con quien tener un encuentro sexual como Dios manda, es una cara tensa pero no de aburrimiento. Yo prefiero la cara de las solteras a la de muchas casadas. En la de las solteras al menos hay esperanza. Yo he podido follar mucho más de lo que lo he hecho, cualquiera puede; si tú te pones a tiro, puedes seguro, pero eso no va conmigo. Y no es por puritanismo, es por lo del listón del que hablaba antes. Cuando he tenido un momento, digamos, desesperado, he pensado: voy a bajar un poco el listón porque si no lo bajo no va a haber manera y dicen los especialistas que el sexo es necesario para tener salud tanto física como mental y, a veces, he echado un polvo por no considerarme anormal y también por salud, pero al día siguiente siempre ha habido algo de arrepentimiento, y no he dejado de preguntarme, Rosario, ¿qué necesidad tienes de humillarte? Porque hay cosas que yo sé que son comunes, porque sé que se hablan entre mujeres, cosas que les escuchas mil veces a las compañeras, como eso de acostarte con un tío y por la mañana abrir los ojos y ver al individuo y tener ganas de salir corriendo. Pero en mí hay algo distinto, mi vergüenza es anterior a ese momento. Yo ya me siento ajena mientras está sucediendo, en pleno acto. Ajena, ajena al cuerpo de ese hombre que tengo al lado y que jadea encima de mí. De pronto lo veo como un animal babeante y me muevo, y jadeo y me muevo, para que todo acabe cuanto antes mejor. Yo quiero pensar que todas estas sensaciones que me atormentan vienen de que los hombres con los que he podido hacerlo no eran como yo quería. Necesito pensar que el fallo es de ellos, que no soy yo la que tiene esa tara de la que hablaba mi madre y que me lleva a verlo todo como si mirara a través de un microscopio. Dicen que el sexo está en la cabeza, y yo necesito pensar que no estoy mal de la cabeza.

Morsa subió a casa poco tiempo después de que me preguntara lo del lesbianismo. Me calentó la cabeza diciéndome lo que pensaban unas y otras en el bar o lo que se decía en el vestuario de hombres.

Me juego el cuello a que Rosario es virgen, me decía Morsa que andaba diciendo el subnormal de Sanchís. Y después de soltármelo me espiaba malicioso con su media sonrisa, como siempre, para estudiar mis reacciones, y al ver que yo callaba, soltaba la pregunta que estaba deseando hacer desde que había empezado la conversación, entonces, ¿eres virgen?

—¿Tengo cara de virgen?

—Sanchís dice que sí.

—¡Sanchís, Sanchís! Hay que joderse.

—¿Pero eres virgen o no eres virgen?

—¿Tú qué dices?

—No se contesta con una pregunta.

—Es que no quiero contestar.

—Sanchís dice que eres virgen porque las lesbianas son vírgenes y dice que tú eres lesbiana.

—¿Y tú no dijiste nada?

—¿Yo, por qué iba a decir yo nada?

—Porque ya te dije el otro día que no lo era.

—Me lo dijiste, vale, pero eso... eso, ¿cómo se sabe?

—Pues se sabe porque yo te lo he dicho.

—Pero, y eso, ¿qué clase de prueba es? Igual me la estás metiendo doblada.

—Ninguna, ninguna prueba, déjame que me baje. Se acabaron las amistades.

—Oyes, tía, no te enfades, joé, que a mí lo que diga Sanchís me suda la polla.

Me dice eso, airado, con un miedo repentino a que me enfade de veras, a perderme, y me agarra así del brazo, y la sonrisa, de pronto, deja de ser sarcástica y se vuelve franca, normal, y aparca y entramos en un bar y nos tomamos unas cañas y unas tapas. Muchas cañas, tapas pocas. Y yo empiezo a darle vueltas a la cabeza mientras él se hurga los dientes con el palillo. Por qué no, Rosario, por qué no. Qué pierdes. ¿Cuánto tiempo llevas sin echar un polvo?, ¿seis, siete meses?, ¿cuál fue el último?, ¿era mejor que éste? No, no era mejor. Rosario, míralo, a veces echa el humo de una forma interesante. No está tan mal. Y el alcohol amodorrante de la cerveza nos va echando al uno contra el otro y Morsa me dice al oído:

—Quieres follar, me temo.

Me temo, dice, será imbécil. De pronto el edificio de cualidades que había construido para justificar el polvo se derrumba. Lo dice como si yo estuviera salida, loca por tirármelo y es al revés. Es uno de esos momentos en que Morsa me parece completamente bobo, porque se hace el duro, el chulo, el experimentado, y es de lo más ridículo. Es incompatible con su físico. Pero yo me callo, me callo y no digo nada. Sé que él está empalmado y yo estoy un poco borracha, estoy en el momento preciso en que echaría el polvo, en ese momento de deseo que luego se esfuma y que ya no recupero, igual que un tío que se mantiene empalmado hasta que llega el momento de meterla y pierde la erección.

—¿Y dónde? —dice—. Como no lo echemos en el Cabstar en un aparcamiento de Legazpi, no sé dónde, porque mi casa está en Fuenlabrada, a tomar por culo.

Y yo me lo llevo a mi casa. Mientras subimos las escaleras rezo porque mi madre esté echándose la siesta, como todas las tardes, en la cama o en el armario, donde sea. Le digo, vivo con mi madre.

—Qué liberal, tu madre.

—No, liberal no, que está mal de aquí, no se entera...

Y le llevo al cuarto agarrándolo por la polla, como si fuera el perro que llevas de la correa. Me da vergüenza lo que hago, pero quiero hacerlo todo rápido, duro, casi violento, que no dé tiempo a que el cerebro se me ponga en marcha. Noto el olor de madre, el olor de madre con la cabeza perdida, el olor de todo aquello que no quiero ser, y me pego a él, a su peste a cerveza y a tabaco negro, a su inevitable Coronas, una de esas manías con las que él parece querer demostrar una firmeza de carácter, con las que él parece querer poner los huevos encima de la mesa. Fumo Coronas, dice, siempre, desde que tenía diecisiete años y ya no hay nada que me vaya a hacer cambiar de marca. Me gusta, me gusta que ese olor suyo tape el otro, el olor a madre que me ata a mi vida como si llevara una cadena de hierro al cuello que no me dejara salir a respirar a la superficie, y él me mete la lengua de tal manera, tan basta, tan violentamente, que no puedo respirar y por un momento estoy a punto de pensar, es una lengua, es saliva, son sus dientes, su aliento, sus caries, su cara, que no la quiero sobre la mía, es su polla a punto de entrar, pero la cerveza me ayuda a que ese pensamiento no tome asiento en mi cabeza y el pensamiento se borra, la cerveza me ayuda y el furioso deseo de que todos sepan que no, que no soy lesbiana, y las piernas se me abren y parece que todo es húmedo, que yo también estoy húmeda como cualquier mujer que ahora mismo en el mundo, en la casita de muñecas del Creador, está enamorada o, mejor aún, que no está enamorada pero está caliente, loca, ansiosa y se me dibuja una sonrisa en la cara y me toco, me toco para correrme yo también, para ser una mujer corriéndome, me gusta tocarme con alguien encima, no quiero ser esa que se toca por las noches en la soledad del cuarto, en la casa que huele a madre con la cabeza perdida, en la casa que huele a falta de limpieza profunda, que huele a hermana que se quitó de en medio, que huele a padre ausente, traidor, a padre que se fue hace tantos años que ya casi ni puedes acordarte y al que ahora comprendes, por muy hijo de puta que sea, él siguió su deseo, él hizo lo que tú querrías hacer todos los días, dar un portazo y hacer otra vida, ser otro, dejarla, dejar a la mujer buena y simple haciendo malabarismos con sus tres ideas, pero tú no puedes, Rosario, tú no tienes esa suerte, y toda la rebeldía se pudre en tu interior, como un niño que no llegara a nacer, tú fuiste lenta y te quedaste la última y tienes que cargar con ella, maricón el último, y a lo mejor, puede que hasta haya un fondo de bondad en tu interior que te impide hacer lo que estás deseando, irte, o tal vez no sea bondad sino cobardía, o es la certeza de que te comerían los remordimientos, ¿será que no existe la bondad sino el remordimiento? Sabes que no serías capaz de vivir pensando que ella, la madre, da vueltas y vueltas por la casa sin saber ya el camino que recorre en esos cuartos, perdida en setenta metros cuadrados, no podrías dormir tranquila porque su cara se te aparecería en sueños, esa cara que ahora os mira follar desde la puerta, una cara triste pero que parece ignorar qué significan esos dos cuerpos, el uno sobre el otro, ella no entiende y Morsa no la ve, Morsa sigue subiendo y bajando, a punto ya del último desvanecimiento, y tú no te atreves a decirle, para, para, déjalo, ay, Dios mío, espera, que llevo a mi madre al cuarto, quieres decirlo pero no dices nada. Cierras los ojos para no verla en la puerta y no verlo a él encima. Morsa se corre y la madre, como si entendiera que eso es el final de una escena, se va andando, escorada, con su vaivén, por el pasillo hasta su cuarto.

CAPÍTULO 4

Para mí, echar la llave no era encerrarla. Igual que atar a alguien, según y cómo, no es amordazarlo ni tenerlo secuestrado. Ella se metía voluntariamente en el armario, allí, debajo de los abrigos, se acurrucaba. Podía estar una, dos, tres horas y, normalmente, era yo la que abría la puerta y le decía, mamá, ya es de noche, ¿no estarías mejor en la cama? Se me quedaba mirando sin decir nada y si tiraba de su brazo para sacarla se ponía a gemir como una niña chica. Pero era tan imprevisible que igual que te intentaba morder la mano para que no la sacaras luego salía y entraba cada cinco minutos. No había forma de pillarle el punto a su rutina. Dicen que cada locura tiene su lógica, pues que me cuenten a mí qué lógica tenía la suya. Ninguna.

Después de pasar tardes y tardes en el armario de los abrigos, el día en que llego a casa con Morsa para echar un polvo, ella decide salir, caminar por el pasillo, entreabrir la puerta de mi habitación —que yo creo recordar que estaba cerrada— y mirar. ¿Qué es lo que entendió de lo que estaba viendo? No lo sé. El caso es que tres noches después de que eso ocurriera me desperté de un sobresalto porque la oí gemir, gritar, y entonces fui yo quien entreabrió su puerta y allí estaba ella, acostada, con los ojos abiertos, simulando que un hombre la estaba... No puedo decir la palabra tratándose de mi madre, igual que me siento incapaz de reproducir las palabras obscenas que ella decía, las peores, las más guarras. Me dio taquicardia, se me puso el corazón como loco. Y comencé a obsesionarme con la idea de que lo había hecho para herirme, para vengarse de lo que había visto. Aún hoy, por más que razono y pienso que era imposible que ella tuviera esa reacción tan retorcida, que el cerebro no le daba para tanto (ni antes ni después de la enfermedad), aún hoy, ese pensamiento me tortura, ¿me estaba imitando?

Propósito de la enmienda: no volveré a follar en casa de mi madre. No volveré a follar con Morsa. Preguntas que te formulas: ¿Es que tengo tantas ganas, es que me muero por tirármelo otra vez? En principio la respuesta está clara: No. Muy bien, si las cosas están tan claras, no lo haré, no tengo por qué volver a hacerlo y si el alcohol o las drogas me ablandan la voluntad recordaré la cara de mi madre mirando cómo el culo blanco y peludo de Morsa bajaba y subía.

Pero lo que piensas no es lo que haces, al menos en mi caso, y después de tomarte cuatro vermús de grifo a ver quién coño se acuerda ya de los propósitos de enmienda, al contrario, estás viendo venir que el ambiente y la conversación se ponen propicios y aunque estás a tiempo de cortar no haces nada por pararlo. Es como si te estuvieras desafiando a ti misma, es la pelea interior del ángel bueno contra el ángel malo. Cuando Morsa va y te pregunta, ¿te gustó? Tú mueves la cabeza afirmativamente. ¿Poco o mucho?, pregunta Morsa. Y tú te ríes, no dices nada, pero tu risa le hace creer que sí, que te gustó mucho. Y él, tonto del culo, chulesco, dice, pues mi segunda vez siempre es mejor que la primera, y no lo digo yo solamente. Y yo me río, como si me hiciera gracia y como si al mismo tiempo me produjera cierta vergüenza femenina, y pagamos apurando el último trago de vermú y vamos a mi casa otra vez, y le digo, espérate cinco minutos, ¿quieres?, que quiero cerciorarme de que no hay nadie. Y cuando voy a la altura del segundo piso le oigo decir por el hueco de la escalera, ay, pillina, tú lo que quieres es prepararte, coqueta, lo que quieres es maquearte, que eres una pilla, si a mí me gustas de todas formas, hasta con el uniforme. Le veo la cara asomada, veo la sonrisa que pudo ser la sonrisa de un hombre atractivo, pero que se hubiera quedado a medio camino. Ay, yo quiero creer que es atractivo, que me gusta, que dentro de poco su culo subirá y bajará y sus dedos me tocarán, buscarán el botón mágico, diciendo, quiero volverte loca antes de meterla. Me prometo a mí misma no pensar demasiado, me hago el propósito de que no invadan mi mente los pensamientos sucios.

No pensar en la repercusión que tienen sus empujones sobre mis esfínteres, no pensar en los esfínteres, no pensar en la grima que me da el hecho de tener las piernas abiertas para que un trozo de carne de Morsa entre en la mía, no, no, no, me digo, fuera todo eso, fuera la nube negra. Un poco de Pollyana en mi corazón, me descubro diciéndome a mí misma.

Abro la puerta y busco a mi madre. No está en el salón.

No está en su cama.

No está en el váter.

La encuentro emboscada bajo los abrigos, le acaricio el pelo, mamá, cómo estás, mamá, ¿vas a ser buena?, y después, sintiéndome Caín o Judas o cualquier hijo de puta mal nacido que vive sin poder librarse de su pecado original cierro la puerta con llave y la dejo dentro, sentada entre zapatos, paraguas, y esas cien mil cosas inútiles que yo tiraré al contenedor algún día, en cuanto ella muera. Me asalta de pronto el temor a que se ahogue, pero no, no podría ser, me digo, quedan rendijas al cerrar las puertas por las que entra el oxígeno. Tal vez la pobrecita llore al sentir que echo la llave. O tal vez sea feliz como la niña que juega a las cuevas.

Bueno, bueno, no le des más vueltas, me digo, no será mucho rato. Morsa es de los que acaban rápido. Yo soy de las que hago que ellos acaben rápido. Me asomo al hueco de la escalera y le hago una seña a Morsa, eh, tío, sube ya, y él sube los peldaños de dos en dos, empalmado desde el primer piso.

Fueron cinco, seis veces, las que lo hicimos en mi casa en esas condiciones, ya no me acuerdo. Yo mantenía a raya a Morsa y a cada polvo que echábamos le decía, entérate, si te vas de la lengua éste será el último, porque Morsa es un bocazas y no quería que lo soltara en el trabajo. Se lo tenía dicho: esto es un secreto, como seas tan gilipollas de largarlo en los vestuarios, se acabaron los polvos, tú verás. Y él que sí, que sí, pero dime, qué hay de malo en que la gente sepa que te echo un polvo de vez en cuando, así Sanchís se enterará de que no eres ni virgen ni bollo.

A Morsa le gustaba hablar así, recalcar que los polvos me los echaba él, y a lo mejor estaba en lo cierto, pero sólo oírselo me provocaba rechazo. Yo le hacía jurar por lo más sagrado que no traicionaría nuestro secreto, pero lo contó. A Morsa lo más sagrado le traía al fresco. No creía en lo más sagrado. Aunque siempre lo negó yo sé que se le acabó escapando porque Milagros, sin dejar de masajearme el pie en los vestuarios, me dijo, no te creas que no lo sé.

—No te creas que no lo sé —repitió, porque yo le puse cara de extrañeza.

—El qué sabes —le digo.

—Que te acuestas con Morsa.

—Y a ti quién te ha dicho eso —le dije.

Ella me aseguraba que no se lo había dicho nadie, que no le había hecho falta, que lo había sabido por pura intuición, que esas cosas se notan en la cara de la gente, en la piel, que está más hidratada, en el olor hormonal que uno despide, pero yo sabía que Milagros lo sabía por Morsa, porque si hay una cualidad que Milagros no tenía ésa era la de la perspicacia.

Me empecé a medio disculpar, primero porque me daba algo de vergüenza que mis compañeras supieran que estaba liada con el tonto de Morsa. Yo con Morsa me había hecho mi composición de lugar, me había organizado más o menos los mismos planes que cuando empecé a trabajar en la calle para la caída de la hoja: me saco un dinero con esto y, mientras, me busco un trabajo mejor, más presentable, que no me haga avergonzarme delante de mi madre. Con él lo mismo: me acuesto con Morsa, eso me da seguridad en mí misma, la práctica misma del sexo sube la autoestima, activa las feromonas y eso me hace más deseable para el resto de los hombres, y en cuanto se me presente una oportunidad mejor, ahí te quedas, Morsa, muchas gracias por los servicios prestados.

Morsa es un clásico. Es un clásico dentro de los

arquetipos humanos que hay en todos los trabajos, es un tío que le cae de puta madre a todo el mundo pero al que nadie toma en serio, que no inspira ningún respeto. Cuando Morsa está en grupo y empieza a hablar, antes de que acabe la frase, por muy corta que sea, ya hay otro compañero que está contando otra historia y todo el mundo se olvida del pobre Morsa, pero él no se traumatiza por eso, él sabe que tiene su lugar en el mundo y que es un tío popular aunque a nadie le interese realmente lo que diga. Morsa es una de esas personas que no saben comprimir lo que cuentan, empieza con una historia que promete ser interesante pero de camino añade unos detalles innecesarios, fatigosos, que te sacan de quicio. Al grano, Morsa, le digo, al grano. Morsa es uno de esos individuos que encima de estar cansándote con una película que no te interesa demasiado, se para en seco y te dice, oye, si te estoy aburriendo, dímelo y lo dejo. Los compañeros no tienen piedad con él, y siempre le dicen, sí, Morsa, me estás aburriendo, corta el rollo. Pero yo soy incapaz de decirle a nadie eso a la cara, yo le digo, venga, coño, sigue y acaba ya de una vez, que es para hoy.

No, Milagros y Morsa no se parecen: Morsa es como cualquier tío, es normal y corriente, tiene los defectos de cualquiera; Milagros siempre tuvo una rareza.

Milagros nunca tuvo la regla. Yo pienso que eso es algo que psicológicamente te tiene que marcar la vida. Yo me enteré de casualidad, la noche en que encontramos al niño, porque ella, creo recordar, bueno no, estoy segura, simulaba que la tenía y compraba compresas incluso. Cantidad de veces me he bajado yo del taxi para comprarle compresas, y ella hablaba, como cualquier tía, de vez en cuando, de sus períodos.

Ahora, visto con el tiempo, uno va juntando las piezas y piensa que sí, que hacía cosas raras: en los lavabos del instituto, por ejemplo, se hizo célebre por subirse al váter para asomarse y mirar a la de al lado. Yo no fui la única que la pilló sujetándose con las manos y con la barbilla apoyada en el borde del muro, observando atentamente cómo te quitabas la compresa y mirabas, como siempre, la sangre, la cantidad, el color, sintiendo el olor fresco, húmedo, del primer día y el olor seco y reconcentrado de los siguientes, esas cosas que haces mecánicamente desde que eres mujer y te encuentras con la mancha.

Un día, mientras repetías esa rutina secreta en el lavabo del colegio, sentías, porque eso al menos yo lo siento, que alguien estaba espiándote desde arriba. No los ojos de Dios sino los ojos de un ser humano. Yo reaccioné con una rapidez inaudita y le tiré el rollo de papel higiénico a la cara; a ella le pilló tan por sorpresa que del susto que se llevó se cayó para atrás provocando un ruido tremendo, y luego el silencio.

¿Milagros, estás bien?, le dije varias veces, ¿Milagros? Después de un minuto o así empezó a gritar y a gritar, que no me puedo mover, que me saquen de aquí, que me saquen, y tuve que salir corriendo a llamar a la profesora y volvimos las dos con el conserje que tuvo que saltar por arriba, desde el váter de al lado, porque al hombre le daba miedo echar la puerta abajo y hacerle daño y cuando abrió al fin la puerta la encontramos retorcida, con el pie enganchado dentro de la taza, que costó Dios y ayuda sacárselo de allí porque a cada intento lloraba y berreaba como un animal. No dijo cómo ni por qué se había caído, ni yo tampoco, y en la confusión de sacarla de allí y llevarla al hospital no lo preguntaron, pero era *vox populi* que la Monstrua espiaba en los servicios y que en cuanto se le presentaba la oportunidad les tocaba el culo por detrás a las niñas cuando sabía que tenían la regla. Nadie sospechaba, claro, que más que instintos irrefrenables de tortillera lo que movía a Milagros a meter mano era la curiosidad. Yo casi estoy segura de que nadie supo jamás que Milagros no tenía la regla y es posible que nadie se lo preguntara en su vida porque ella estuvo casi desde los nueve años en casa de su tío Cosme y su tío Cosme no era mala persona pero tenía la sensibilidad de un corcho.

Con el tiempo, me he preguntado muchas veces cuántos años tenía entonces Milagros, me refiero a cuál era su verdadera edad mental, si maduró o se detuvo en los doce años, la edad a la que la mayoría de las niñas les viene la regla. Cabe la posibilidad de que a partir de esa edad fueran pasando los años sin que en realidad ella los cumpliera psicológicamente, y en cierta manera, tampoco físicamente porque Milagros siempre tuvo una textura en la piel, una mirada, una forma de moverse muy infantil. El caso es que tú no podías decir de dónde venía su rareza, pero su rareza ahí estaba, tanto por fuera como por dentro. Reconozco que éstas son cosas sobre las que yo nunca pensaba cuando la tenía delante. Cuando la tenía delante me limitaba a enfadarme, a aguantar sus extravagancias y a veces a reírme con ella, porque, qué coño, también nos hemos reído lo nuestro. Pero no veía más allá de mis narices. Ahora, *a posteriori* todo empieza a cuadrar. Es lo que tiene la vida, que *a posteriori* todos somos muy listos y hacemos grandes predicciones a toro pasado.

Cuando Milagros se subió al váter para espiarme yo tenía catorce años, llevaba dos con el período, me había acostumbrado a la presencia mensual de la sangre, ya había humanizado a mis dos ovarios: el uno, el ovario bondadoso, venía casi sin que yo lo sintiera, y me provocaba un sueño y un cansancio muy gustosos, incluso un amago de dolor que no llegaba a ser dolor con mayúsculas y que me producía cierto placer, el deseo de enroscarme sobre mí misma como si fuera un gusano y dormir en mi caja de cartón, dormir, hasta convertirme en mariposa; el otro, el ovario satánico, se hacía presente cada dos meses con sudores, con mareos, con un dolor que me obligaba a tumbarme y con una hemorragia que traspasaba la compresa, la sábana y llegaba al colchón, era el ovario vampiro, el que me dejaba la cara pálida, y me chupaba la sangre. El ovario bueno, el ovario malo, el ángel bueno y el ángel malo, esos dos seres que estaban dentro de ti y con los que entablabas una relación familiar. ¿Lo hacen todas las niñas?, yo supongo que sí, igual que los niños pequeños imaginan historias cada vez que van al váter, historias inconscientes que están relacionadas con la expulsión de las heces (por utilizar la misma palabra que usa la Biblia), igual que un niño besa durante un tiempo su dedo índice por las noches porque cree que ese dedo tiene alma y vida y habla con él y le pinta ojos y boca y se siente acompañado.

Catorce años tenía yo aquella mañana en que estaba cambiándome la compresa en los servicios del colegio, dos años mirando la sangre, sintiendo su olor, acostumbrada ya al rojo purísimo del primer día de regla, dos años con la idea, aunque fuera remota, de que ya podía concebir un hijo, de que había algo que me separaba de la niñez para siempre, dos años desde que mi madre puso aquella cara de preocupación, ay, ay, Rosario, ahora tienes que empezar a comportarte. Dos años desde aquel primer día, el día de Reyes («Vaya regalo que ha recibido la pobre», comentario de mi madre a alguna de sus viudas por teléfono), en que dormía con mi hermana en la cama de matrimonio cariñoso que pasó a ser la nuestra, la cama de las niñas, cuando mi padre se fue, y aunque yo ya había desvelado, desde hacía mucho tiempo, el secreto mejor guardado de las Navidades, la verdadera naturaleza de sus Majestades de Oriente, en parte, según decía mi madre, porque mi carácter me llevaba a no creer en fantasías y a buscarle explicaciones lógicas a todo y hasta que no di con la respuesta de que todo dependía del poder adquisitivo de mi madre no paré, y sinceramente, puedo recordar que sentí un alivio al comprobar que, al menos, ni Dios ni los Reyes Magos eran responsables directos de la injusticia por la cual yo no recibí nunca unos vaqueros Levi Strauss ni uno de esos espantosos abrigos Loden que llevaban los niños pijos sino imitaciones con marcas que querían aproximarse al nombre original y que me avergonzaban bastante, aunque digo, yo había descubierto muy pronto, a los siete años, que era mi madre la que salía, compraba, hacía malabarismos con el dinero y producía ruidos misteriosos en el salón la noche del día cinco, mi hermana, tres años menor que yo, seguía en su limbo, del que hubo que sacarla casi de las orejas por cierto, porque ella siempre ha sido partidaria de creer firmemente en aquello que le conviene, sea o no sea racional.

Yo había visto entrar en el cuarto la primera luz del amanecer y, aunque lo normal hubiera sido que como era costumbre la despertara para que fuéramos las dos corriendo al salón donde debían estar ya, al lado del nacimiento, nuestros regalos, me quedé quieta, como con una cierta melancolía hasta ahora desconocida, que estaba relacionada con un impreciso dolor en el vientre y que me hizo sentir, no bromeo ni exagero, por vez primera, el inexorable paso del tiempo. Notaba la temperatura de mi piel muy caliente, y tenía la necesidad de permanecer bien acurrucada bajo las sábanas, recogida en el silencio que aún no se había roto por los otros niños de la escalera. Hubiera querido que ese descanso se prolongara siempre, que no se hiciera de día, y más, cuando empecé a notar que mi cuerpo expulsaba algo, un líquido más espeso que el pis, que me mojaba las bragas muy lentamente, como si fuera lento en expandirse. Mi hermana, Palmira, abrió los ojos cuando ya la luz había invadido la habitación y me dijo, venga, Rosario, ya, vamos a levantarnos y tiró con fuerza de las mantas y entonces vio la gran mancha en la sábana, y en mi pijama y en el suyo y empezó a gritar, empezó a gritar como una histérica, despertó a mi madre, que apareció en el cuarto con la cara descompuesta, sin entender aún lo que le gritaba Palmira, ¡Mamá, Rosario se está muriendo, se va a morir el día de Reyes y ni tan siquiera hemos abierto los regalos, mamá!, y hubo que explicarle lo que ocurría, se lo explicó mi madre, con el hipo de su llanto de fondo, porque yo me fui con toda mi vergüenza al cuarto de baño, a intentar limpiar la sangre que se me había quedado pegada a las ingles, a sentir por primera vez cuál es la textura de ese líquido pegajoso, que no se va al primer chorro de agua y que al principio asusta, asusta el rojo tan rojo, tan violento, como si te lo provocara un ser desconocido y maléfico que te estuviera comiendo por dentro. Dos años habían pasado desde que mi hermana se enteró de que en el futuro también ella recibiría la visita de la sangre, mucho antes, por cierto, de que se enterara de la verdadera identidad de los Reyes, cosa que siempre ha lamentado, no sé muy bien por qué, como si me hiciera a mí responsable de recibir la primera noticia desagradable de la vida adulta, como si para ella todo tuviera una cronología natural: primero, uno debe enterarse de quiénes son los Reyes, luego has de enterarte de qué es el período menstrual y así, todo por su orden, que según ella es un orden tan lógico como el principio por el cual para que salgan los dientes definitivos primero se te tienen que haber caído los de leche.

No son reproches que ella se atreva a soltarme a la cara porque formulados así hasta a ella misma le parecerían un disparate, es algo más sutil, son ese tipo de rencores que se suelen tener los hermanos entre sí, algo que yo he observado que sucede en todas las familias y que no está reñido con el cariño. Es más, yo diría que la relación filial está compuesta por dos factores que a menudo luchan entre sí: cariño más rencor. El problema es que el porcentaje de rencor sea tan alto que ya del cariño ni te acuerdes, que es lo que me pasó a mí en los últimos tiempos.

La mañana en que a Milagros se le metió el pie en la taza del váter del colegio yo ya llevaba dos años con la visita del Nuncio, por emplear una expresión que solía decir mi madre, que no sé de dónde se la habría sacado, dos años en los que yo ya me había familiarizado con la visión repentina del rojo chillón, porque ya sabía que el cuerpo te avisa antes de que manches, que el sudor es distinto, y el olor, y la temperatura y la percepción de las cosas. Esas cosas formaban parte ya de mi experiencia cuando Milagros se asomó para verme manipular la compresa, doblarla, enrollarla hasta hacerla mínima y envolverla en una tira de papel higiénico, dos años en que no preguntó nada a nadie ni nadie le preguntó a ella, sólo escuchó conversaciones de las otras niñas, las espió, supo en qué consistía ese ritual mensual y decidió apuntarse a él aunque ella nunca tuvo sangre, nunca fue mujer, como decíamos las niñas.

No creo que viviera atormentada por ello. De verdad, no lo creo. Era demasiado fantasiosa. Estoy segura de que desde la primera vez en que ella sin haberlo premeditado le contara a alguien, con la mayor naturalidad, que tenía la regla, pasó a creérselo, sin tener que hacer un gran esfuerzo, sin ser consciente de estar guardando un secreto vergonzoso ni nada de eso. Es que ahora tal vez, dadas las circunstancias, tal vez haya gente inclinada a pensar que era más complicada de lo que era, pero yo me niego, la he conocido desde siempre, así que digo yo que eso servirá para formarte una opinión de una persona y para saber cómo es.

Milagros era clara y simple y a lo mejor eso tiene que ver con que nunca fue de verdad una persona mayor, y mientras yo y todas las otras niñas de mi clase nos íbamos adiestrando para bien y para mal poco a poco en el mundo adulto ella siguió entre nosotras, compartiendo en principio las mismas emociones, sin haber crecido. Pero no se vio obligada a fingir, igual que el niño no está fingiendo cuando juega a que él era el papá y ella la mamá, no, ellos no fingen, ellos viven en la mentira mientras están jugando con normalidad, los niños no se avergüenzan del papel que representan cuando juegan.

Me acuerdo ahora de que un año, para la función de fin de curso, representamos en el salón de actos la historia de Pocahontas, mucho antes, claro, de que la película de dibujos animados fuera un éxito en el cine. La idea de hacer Pocahontas vino de nuestro profesor de inglés, que quería aprovechar esa historia mítica para introducirnos un poco en la cultura norteamericana ya que él era de Seattle y debía echar de menos su tierra. Bueno, todo el mundo conoce la historia, los peregrinos que llegan en el *Mayflower* a las costas de Plymouth Rock, encabezados por John Smith, y que gracias a la india Pocahontas, una india de extraordinaria y exótica belleza, consiguen no morirse de hambre al mismo tiempo que John por primera vez conoce el amor en los brazos de esa mujer primitiva y supongo que conocedora de unas técnicas sexuales hechizantes (a esta conclusión llegas con los años, no entonces).

El caso es que Milagros, dadas sus enormes dimensiones físicas, era la más grande de la clase, fue elegida para representar el papel de madre de Pocahontas y, siendo fiel a la verdad, el traje de india gorda con la peluca de las dos enormes trenzas azabache parecía haber sido pensado para ella. Yo no hice de Pocahontas, eso está claro, a mí siempre me encasquetaban en todas las funciones escolares el papel del chico, imagino que por mi gesto serio, un tanto grave, lo cual por un lado me facilitaba salir en todas las obras, porque parece que no había otra niña que tuviera tanta cara de tío como yo, pero por otro, me acomplejaba, cosa en la que los profesores parecían no reparar porque conmigo, los profesores, demostraron tener la sensibilidad en el culo. Para colmo, mi madre, cuando se enteraba del papel que se me había asignado, mostraba ese gesto de contenida resignación (cristiana) que a mí tanto me ha hecho sufrir en esta vida. De Pocahontas hizo Margarita Suárez, la típica niña que los profesores tienen por dulce y femenina, porque Dios le ha dado físico engañoso, aunque para las otras niñas pueda ser, como de hecho era, una serpiente de cascabel. Pero dejando a un lado esos pequeños encasillamientos a los que te someten los adultos casi desde que naces y que determinan tu vida (al menos a mí esas cosas me proporcionaron infinidad de complejos, complejos que creo se habrían mitigado si un año, sólo un año, se me hubiera permitido hacer de Pocahontas o de Blancanieves o de la Sirenita o de la Virgen María o de quien coño fuera), yo me preparé bastante para la función, repasé y repasé con mi madre mis diálogos, ella me daba la réplica, ahora ella hacía de madre de Pocahontas, luego hacía de la propia Pocahontas, y cuando llegué al día de fin de curso puedo decir que lo tenía bastante interiorizado. Así que ahí estaba yo, con un bigote postizo encima de mi vello del labio superior, esa sombra que me martirizaba cada vez que me miraba al espejo, dándome un aire aventurero, y mi camisa blanca de grandes mangas fruncidas y mis mallas y mis botas, todo un peregrino de la época, oyendo tras el telón la música idílica que se escuchaba en el paisaje salvaje de la bahía americana, y esperando la señal del profesor de Seattle para entrar en escena, llevando en brazos el propio *Mayflower*, un barco de cartón que habíamos hecho en clase de trabajos manuales, y cuyo tamaño diminuto nos obligaba a los peregrinos a caminar muy juntos, avanzando muy lentamente, como nos había indicado el profesor, después de reñirnos porque en los primeros ensayos moviéramos el barco como quien mueve una silla, sin gracia ninguna. Cosas de niños, que aún me hacen reír. Pues bien, el barco entraba en escena, con la tripulación andando detrás del cartón del *Mayflower* a pasitos cortos, chinescos, y con muchísimo cuidado de no pisarnos ni tropezarnos porque todo podía acabar en desastre. Nos colocábamos a un lado del escenario y entonces íbamos, uno a uno, desembarcando, o sea, dando un paso adelante y saliendo de detrás del cartón, hasta que todos estábamos en tierra. El último que se bajaba del *Mayflower* lo dejaba apoyado en un árbol, porque después de mucho pensar no habíamos encontrado otra solución para el barco, y a partir de ahí entablábamos un diálogo con los nativos, al que seguía el enamoramiento que todo el mundo conoce entre yo, John Smith, y Margarita Suárez, Pocahontas. En el diálogo de los enamorados entraba en escena la madre de Pocahontas, Milagros, que en un principio tenía que decir dos frases negándose a todo tipo de relación entre su hija y el invasor, dos frases sólo, hasta que finalmente, consciente de que el invasor tenía buenas intenciones para con su hija, se ablandaba y aceptaba.

En los ensayos Milagros había recitado su papel con cierta vehemencia pero sin pasarse, aunque sólo su presencia física, su gordura, y esa forma que tenía de decir su papel como echando la barriga para delante te intimidaban un poco, pero el día de la función, cuando yo la vi inmensa, metida dentro de ese traje de india y con la peluca negro azabache con dos grandes trenzas, avanzando hacia mí con esa arrogancia y hablándome en ese tono, me dio miedo, y cuando ella se midió con el público, con ese público brutal que son los niños, que parece que más que aplaudir están siempre pidiendo sangre y venganza, cuando ese público de animales le jaleó la primera negativa a mis requerimientos amorosos, Milagros empezó a negarme la mano de su hija como si en ello le fuera la vida, y cuanto más me gritaba ella, más me aterrorizaba yo, que decía mi papel medio tartamudeando y tan bajo que casi no se me oía, hasta que sin más me quedé callada, sudándome el vello debajo del bigote, con ganas de echarme a llorar y de salir corriendo. Lo más lamentable es que Pocahontas, viendo que Milagros se había emocionado y había sobrepasado los límites de su papel y estaba improvisando un monólogo absurdo, que yo me había quedado totalmente paralizada, y aquello tenía la pinta de no terminarse nunca, tomó las riendas del asunto, echó a la madre india para atrás de un empujón, me agarró del brazo y me llevó a un lado del escenario ante los abucheos del público que exigía, al menos así lo sentía yo entonces, una pelea a muerte entre la madre de Pocahontas, el tonto de John y la propia Pocahontas.

Lo prodigioso es que cuando salimos todos a

saludar, el público, sin ningún tipo de piedad, me abucheó, y a Milagros, aquel día, casi la sacan en hombros. A mí me daba una terrible vergüenza imaginarme a mi madre sufriendo en las primeras filas, destinadas a los padres, y me daba coraje imaginar a mi hermana tal vez disfrutando, no lo sé. Estuve muchos días sin hablar a Milagros. Odiándola porque hubiera conseguido su gran éxito teatral a costa de mi derrota y de mi ridículo. Ella tuvo casi que arrastrarse para que yo volviera a dirigirle la palabra, me pidió perdón mil veces, me esperó en la puerta de casa, me puso notas encima del pupitre, «perdón, perdón, pégame, si quieres», y me siguió hasta el colegio días y días hasta que me rendí, aunque estaba segura de que si volvíamos a representar la tontería de *Pocahontas* se volvería a comportar de la misma manera porque el solo hecho de disfrazarse de india y de que le hubiera sido asignado el papel de madre autoritaria la había hecho transformarse de tal manera que no llegaba a distinguir entre la verdad y la mentira. Ella iba a muerte con las mentiras.

Esto me ha hecho pensar más de una vez, cuando oigo a los actores esa pamplina que cuentan siempre, eso de meterse en el personaje, que para esa profesión hay que ser algo infantil, exactamente como era Milagros, no hasta el extremo de afirmar que las actrices que no hayan tenido la regla pueden ser mejores actrices que las que la hayan tenido, eso sería una afirmación exagerada, pero sí que serán más creíbles aquellas que, por la razón que sea, no hayan madurado del todo, porque opino sinceramente que una persona adulta con dos dedos de frente lo normal es que al actuar se sienta siempre al borde del ridículo. Y no te digo los adultos que se ven en la situación embarazosa de tener que hacer de niños o de jóvenes que tienen que hacer de abuelas y se doblan así hacia delante y hablan con un hilillo de voz. Cuando lo he visto en el teatro me ha parecido patético, sonrojante. Así al menos es como yo lo veo, en mi modesta opinión.

Pero el que fuera infantil no significa que ella no tuviera maldad, cuidado, eso sería como disculparla, y no pretendo eso, Milagros a veces era borde y mala, como sólo pueden serlo los niños.

No sé si su lesbianismo era lesbianismo en estado puro, quiero decir que Milagros se acostaba con tías, de eso sí que tenía alguna noticia, pero lo hacía como yo cuando tenía ocho años y me acostaba desnuda con la hija de mi vecina y nos poníamos la una encima de la otra y la hija de mi vecina decía, hay que besarse el chichi, como los matrimonios, y ella me lo besaba un rato y luego decía, ahora es tu turno, pero yo nunca llegué a hacerlo porque a mi vecina le olía demasiado y me daba repugnancia y entonces ella se enfadaba y me echaba de su casa. Mi madre, tan ignorante siempre, me decía, hay que ver, que siempre tienes que acabar a mal con todo el mundo, Rosario, qué carácter tan imposible.

Lo que creo es que Milagros necesitaba cariño, así de simple, y se arrimaba a quien se lo daba, pero que no era sexo puro y duro lo que ella buscaba. Las personas necesitamos que alguien nos quiera y la falta de cariño físico nos puede empujar a la experiencia homosexual en un momento determinado de nuestra vida. El sesenta por ciento de los presos en las cárceles americanas tienen relaciones sexuales con sus compañeros, ¿son todos homosexuales? Habrá quien piense que sí, de hecho yo sé que los homosexuales creen que todo el mundo lo es en el fondo, pero yo me pregunto si algunos de esos presos lo hacen porque no tienen otro ser humano que les acaricie viviendo como están en la más aterradora soledad.

Eso es lo que yo le intentaba explicar a Milagros el día que vino con el cuento, con el chisme, de que yo me acostaba con Morsa. Más bien vino con el reproche, como si fuera una novia a la que yo le hubiera puesto los cuernos, y estuvimos un buen rato, allí en los vestuarios, cuando ya todas se habían ido y podíamos hablar a nuestras anchas, hablando del asunto y quise dejarle bien claras dos cosas: primera, que Morsa no era el hombre de mi vida y que no sabía si me volvería a acostar con él teniendo en cuenta además que el muy cabrón me había traicionado haciendo circular el cuento, y segunda cosa, que yo no era bollo, que no era su novia, ni su amiga íntima, como ella quería que yo dijera al menos («no lo soy, Milagros, ni lo seré nunca»), y que aquello que había sucedido aquella noche cuando se quedó a cuidarnos a mi madre y a mí sólo había sido una necesidad casi enfermiza de cariño.

—Pero tú te dejaste —me decía—, te dejaste.

—Milagros, tú sabes en qué situación física y psicológica me encontraba, estaba derrotada, Milagros, y sucedió mientras yo estaba medio dormida, le dije, y por la mañana pensé que era un sueño provocado por la fiebre.

—Eso es lo que hacen todos los maricones y todas las bolleras del mundo que se avergüenzan de serlo, hacerse los dormidos para que al día siguiente parezca que no ha pasado nada. Ah, pero sí que pasó, Rosario, aunque tú estés ahora por negarlo, pasó y pasó, a mí no se me olvidan los detalles. Para mí no cuenta lo que tú opines ahora, para mí cuenta lo que tú decías aquella noche.

—¿Qué dices —le decía yo—, de qué estás hablando?

—Que si uno se corre, si uno se corre, y dice, ay, Milagros, Milagros, es porque a uno le gusta.

Podía ser terrible. Tenía la disculpa de los inocentes, de los niños, de los que están un poco tarados, pero eso no lo justifica todo, su cariño era acaparador, agobiante, no se detenía ante nada, ni aunque ella se diera cuenta (porque se daba cuenta) de que te estaba hiriendo.

CAPÍTULO 5

Mi hermana me dijo: qué hace esa tía aquí si no es de la familia. Habla bajo, que te oye, le dije yo. Que lo oiga, me da igual, qué hace aquí, me dijo. Y yo le dije, muy bien, yo la echo si tú quieres, pero cuando nuestra madre exhale su último suspiro y llegue el momento de amortajarla y colocarla presentable en su ataúd, entonces seremos nosotras las que tendremos que hacerlo. No hace falta, me decía ella, vives en otro mundo, ahora la gente llama a un profesional. Muy bien, le volví a decir yo, muy bien, entonces mientras mamá agoniza empieza a buscar tú en las páginas amarillas. ¿Pero por qué tiene que ser precisamente ella quien lo haga?, me preguntaba. Porque sabe hacerlo, le dije. Sabe barrer calles, decía de pronto con ironía, sabe reflexoterapia, sabe de todo. Sí, sí, le dije yo siguiéndole el tono, sabe cuidar a las madres de las hijas ausentes también.

Mi madre no la soportaba, me dijo. Pero la mía, le dije yo, la que perdió la cabeza, fíjate qué cosas, se dormía en sus brazos como una niña de pecho. Pobre mamá, dijo fingiendo un principio de llanto, parece que me mira con tristeza, como si me quisiera decir algo. No te quiere decir nada, no te reconoce, no vengas ahora con las grandes interpretaciones, le dije. Ay, Rosario, no me das consuelo ninguno. Ay, Palmira, yo no lo he tenido en todo este tiempo. ¿Qué vas a hacer con sus cosas?, me dijo. La mayoría, tirarlas. ¿Tirarlas?, me dijo, pero si están llenas de recuerdos. Pues eso es lo que yo quiero, tirar los recuerdos a la basura, le dije. La cubertería es valiosa, me dijo. ¿Valiosa, por qué?, le dije. Pues no sé, porque es antigua, y las cosas antiguas, ya se sabe, a mí particularmente no es que me gusten, pero la gente se las rifa. Pues rifémoslas, le dije. Qué borde eres, me dijo. Es que no me explico cómo hemos llegado al tema de la cubertería justo en estos momentos, dije. Ay, dijo. Ay ay, sí, ay, yo también sé decir ay, dije.

Rosario, puedes quedarte en esta casa si quieres. No es que quiera, le dije, es que no tengo otro sitio donde ir. El único inconveniente para ti es que cuando vengamos a Madrid sabes que tendremos que quedarnos contigo. Claro, me dijo. Es vuestra casa también, le dije, estáis en vuestro derecho, como si queréis que la vendamos. No, no, no hay prisa, mejor que se revalorice, dijo, aparte de que quiero seguir teniendo casa en Madrid, no me gustaría que los niños perdieran el contacto, al fin y al cabo, eres su única familia por parte de madre, y eso es muy triste, qué familia más corta tenemos, Rosario: tú y yo. Pero tus niños se ponen a hablar en catalán entre ellos cuando yo estoy delante, le dije. Ay, Rosario, también lo hacen delante de mí, son niños.

Se quedó pensando un momento, como si buscara la forma más educada de ofenderme.

No sabes nada de niños, me dijo. Para ti la culpa siempre es mía, le dije. A lo mejor ahora tendríamos que hacer un esfuerzo por llevarnos mejor, al fin y al cabo, sólo nos tenemos la una a la otra, yo me voy a esforzar, pero tú también tienes que esforzarte. Me esforzaré, si crees que sólo depende del esfuerzo, le dije. Aunque hayamos tenido nuestras diferencias somos hermanas, llevamos la misma sangre, me dijo. La sangre, le dije, qué me dice a mí la sangre.

Me doy cuenta de que me tienes rencor, dijo, porque te dejé aquí con todo el marrón, pero qué le iba a hacer, yo tengo que atender a mi familia, y tú estás sola, Rosario. Bueno, deja eso ya, le dije, tú qué sabes, ¿sabes tú algo de mi vida?

Aunque yo estaba mirando al suelo, sentí que me observaba de pronto con curiosidad.

—¿Tienes novio o algo que se le parezca? —me dijo.

Me quedé unos segundos callada, pensando en Morsa, ¿qué era Morsa, un amante? Casi me eché a reír al pensar que Morsa era mi amante. ¡Amante! Demasiada palabra para Morsa.

—No, no —le dije, y empecé a arreglar el embozo bajo el que mi madre respiraba ya como un pajarillo moribundo.

—Ahora estarás mucho más libre para salir, para entrar... —me dijo.

Y yo no dije nada, continué arreglando la cama.

Rosario, tú piensas que yo me creo superior, ¿verdad?, me dijo. No, no es eso, le dije, no es eso exactamente. Sí, Rosario, siempre has pensado que yo voy dando lecciones de cómo tendrías que vivir y de lo que tendrías que hacer, me dijo. Es que es verdad que lo haces, le dije. ¿Y tú crees que lo hago con mala intención?, me dijo pasándome ligeramente la mano por el brazo, como si le diera vergüenza tocarme después de tanto tiempo de no tocarnos. No sé con qué intención lo haces, lo que está claro es que los consejos, aunque sean buenos, puedes ahorrártelos, porque no me sirven para nada, yo no aprendo nada de los consejos, a las pruebas me remito.

Rosario, yo no tengo la culpa de que estés sola, no tengo la culpa de haberme casado, me dijo. Un momento, Palmira, dije levantando el hombro para que quitara su mano de encima, puestas a ser sinceras, yo prefiero mil veces estar sola a estar con un marido como el tuyo. Eso que me dices es muy fuerte, Rosario, me dijo, muy hiriente. También es muy fuerte que te empeñes en compadecerme todo el tiempo, como si yo fuera una desgraciada, le dije, o como si yo te tuviera envidia. Eso lo has dicho tú, no ha salido de mi boca, me dijo. Pero se sobreentiende, le dije.

Mi vida tampoco es perfecta, yo también tengo mis problemas, me dijo. Ya me imagino, le dije. ¿Qué te imaginas?, me dijo. Pues eso, que tendrás tus problemas, como todo el mundo, le dije. ¿Pero qué has querido decir con eso de «me imagino», qué problemas te imaginas que tengo yo?, me dijo. Yo qué sé, a mí no me líes, le dije, me haces hablar y luego te mosqueas. No, por favor, dime alguno de esos problemas que crees que tengo, ahora estamos tranquilas hablando, nuestra madre agoniza, es el momento de las confesiones, dime, ¿qué problemas crees que tengo?, me dijo. Yo qué sé, le dije, a lo mejor... ¿tu marido?, le dije sin atreverme a afirmarlo. Y dale, la perra que tienes con mi marido, ¿por qué va a ser mi marido un problema?, me dijo. No sé, porque es..., le dije sin saber lo que le quería decir, buscando una palabra para salir del paso, una palabra que no fuera demasiado ofensiva. ¿Qué es?, me dijo impaciente. Un hombre sin mucha sustancia, un poco muermo, me parece a mí, pero eso es lo que me parece a mí, a lo mejor a ti te parece la alegría de la huerta, le dije. No, la alegría de la huerta no es, desde luego, pero en ningún sitio está escrito que ser un muermo sea un pecado, me dijo. Desde luego que no, no es para que te metan en la cárcel, pero me imagino que si te toca acostarte una noche y otra y otra con un muermo pues imagino que la vida se te hace muy cuesta arriba, le dije, pero como tú bien dices, yo no sé de esto, nunca me he visto en el caso, no sé ni de maridos, ni de niños, ni de nada. Por algo será, dijo.

Mejor dejarlo, pensamos las dos y nos quedamos mirando a mi madre. Serían las tres de la madrugada. Los ojos se me cerraban.

—No te duermas —me dijo—, que si te duermes igual no la ves morir y te arrepientes el resto de tu vida.

Me fui a lavar la cara, en el pasillo se sentía la respiración fuerte de Milagros, que dormía medio echada en el sofá del salón.

Rosario, me dijo Palmira, no te lo he dicho, pero a Santi le han dado una gratificación este año por ser el que más ha vendido de su planta. Pues estaréis contentos, le dije. Mucho, me dijo, la verdad es que sí.

De la jaula del reloj de cuco del pasillo salió el pájaro violentamente dando las tres de la madrugada. Las dos nos dimos un susto.

Lo extraño es que nunca haya protestado ningún vecino por el ruidazo que mete ese reloj, dijo Palmira. Se ve que después de treinta y tres años se han acostumbrado, como yo, le dije. Treinta y tres, repitió ella. Sí, treinta y tres, los mismos que yo, dije, vaya regalo que le hizo nuestro padre a mamá por mi nacimiento, los padres regalaban entonces otras cosas, una sortija con fecha, una pulsera de esas de las que cuelgan medallitas con el nombre de los hijos, pero un reloj de cuco..., ése no es el regalo que te hace un hombre que te quiere.

—Está visto que las cosas que menos le gustan a uno son las que nunca se rompen —dijo Palmira.

Me pareció una frase llena de significados ocultos.

A Santi no se le escapa una clienta viva, dijo, recuperando un tono que quería ser jovial, tendrías que verlo, muestra un agrado vendiendo, como una energía interior, tiene mucho tirón. Sí que lo debe tener, sí, le dije. Así que claro, luego llega a casa y se desinfla, no le quedan ganas de nada, tú no lo puedes entender, pero eso le pasa a todo el que hace un trabajo de cara al público, me dijo, tú como no tienes que ponerle buena cara a nadie. No, yo voy a mi bola, le dije. Es que los nuestros son trabajos que requieren un gran esfuerzo psicológico, dijo. ¿Y a ti también te pasa?, le dije. ¿El qué?, me preguntó. Pues eso mismo que le pasa a él, tú también trabajas de cara al público, digo que si te pasa lo mismo, que si llegas a casa y te desinflas, le dije. No, a mí no, pero es que yo soy de otra manera, las mujeres en general somos de otra manera, somos como más...

Hizo un gesto con la mano que se quedó en nada, como la frase.

¿No crees que la luz de la lámpara le da muy

directamente en los ojos?, me dijo. No creo que se dé cuenta, le dije. ¿Será verdad que cuando uno se está muriendo ve una luz al final de un túnel y uno quiere alcanzar esa luz porque te sientes horriblemente atraído y presientes que si consigues llegar hasta ella vas a conseguir una paz tremenda?, me dijo. Eso dicen, yo lo he leído, dije. Esa paz es la muerte, dijo. También he leído, le dije, que te pasa toda tu vida por la mente, como si tu mente fuera una gran pantalla de cine. A lo mejor ella está ahora mismo viendo su vida, dijo Palmira. Lo más seguro, dije. Setenta y cinco años, con sus momentos malos y sus momentos felices, ¿llamaremos a papá para el entierro?, me dijo. Lo llamamos para que se lleve el reloj, dije, y sin poder contenerme me empecé a reír. Palmira empezó a reírse también. Las dos tapándonos la boca, como si estuviéramos en la escuela, como si aparte de mi madre hubiera una cuarta presencia que pudiera reprendernos. La muerte, tal vez.

Ay, si es que se tiene una que reír, dijo mi hermana. Le llamamos y le decimos, papá, que somos tus hijas, Rosario y Palmira, esas que no has llamado en veinte años, mira, que hay algo muy especial que mamá nos dijo que quería que fuera para ti cuando ella muriera, y él, qué es, qué es, y nosotras, no se puede decir por teléfono, y entonces se presenta aquí el tío todo ilusionado y le damos una caja con el reloj, dije doblándome de la risa floja que me sacudía todo el cuerpo. Para que la recuerdes siempre, decía Palmira, casi sin poder acabar la frase. Para que te destroce la vida como nos la destrozó a nosotras, dije. Sí, te tienes que reír.

—Rosario, parece que respira peor, vamos a cogerle cada una de una mano. —Y eso hicimos, le tomamos sus manos, ardientes, las manos que al cabo de unos momentos perderían el flujo de la sangre y la temperatura. Mira el espejo de luna, Rosario, ¿a que parecemos un cuadro antiguo?

Un cuadro antiguo. Las dos hijas inclinadas sobre la madre agonizante. La luz pobre de la lámpara. El cabecero de roble que tenía unas rosas labradas en la madera, las rosas por las que pasaban los dedos infantiles maravillados por lo que suponían era una obra de arte. La colcha sedosa de color granate, el crucifijo en lo alto, el rosario colgando de un lado del cabecero. Sí, era el cuadro antiguo de una madre antigua. Y nosotras mirando al retratista, como si quisiéramos posar a pesar de la tragedia o como esos cuadros tan mentirosos en los que el retratado aparece como si le hubieran sorprendido.

—Rosario, no sé por qué pero de pronto ahora me da mucha pena que mamá haya tenido una vida tan triste —me dijo.

Ahora sí parecía a punto de llorar.

—Tampoco ha sido tan triste, ha sido una vida, como la de cualquiera, ella no quería salir de su mundo, más triste es la vida para el que quiere cambiarla y no puede —le dije, y la miré a los ojos—, ¿tú no sientes a veces el deseo de cambiar tu vida, cambiar de piso, de ciudad, de marido y no puedes?

Apartó la vista de la mía y dijo, pues no, ni se me pasa por la cabeza, es que con dos niños eso ni se te pasa por la cabeza, ¿qué quieres, que vuelvan mis niños del colegio y se encuentren con que su madre no está?, sólo de pensar eso me dan escalofríos. Te lo estaba diciendo en sentido figurado, ya sé que no lo vas a hacer, ya sé que no vas a abandonar a tus niños, hija mía, yo sólo te preguntaba si no has tenido nunca ese sentimiento, no te lo tomes todo tan al pie de la letra. Pues no, ni se me ha pasado por la cabeza, me dijo. No me lo creo, le dije. Allá tú, siempre piensas que hay una verdad que me callo, me dijo.

Mamá, mamá, pobrecita, qué mal respira, ¿llamamos otra vez al médico?, me dijo. Ya no, nos va a decir lo mismo, que no puede darle más morfina, a los médicos les gusta que te mueras a palo seco, no quieren sentirse cómplices de asesinato, le dije. Yo no lo voy a criticar porque si estuviera en mi mano no sería capaz de darle más morfina, dijo. Pues yo le tengo dicho a Milagros que si ve que empiezo a perder la cabeza que ponga un remedio rápido, no quiero vivir siendo una rémora, dije. Una rémora, dijo, qué palabra más fea. De pronto me dio un codazo infantil, a ver si a Milagros se le va la mano y acaba contigo al primer olvido que tengas, dijo, sin poder reprimir una sonrisa. Qué simpática, dije.

—Mamá, quiero que sepas que te hemos querido —dijo Palmira—. Rosario, díselo también tú, díselo.

—Mamá, perdóname si te he hecho daño alguna vez. El entierro va a ser como tú querías, ni crematorio ni donación de órganos ni nada. Estarás entera.

—Rosario, ¿qué es eso que le sale de la boca?

—Una burbuja —dije.

La burbuja se hizo grande, explotó, y ya no hubo nada.

Las dos nos soltamos de sus manos.

—Ay, qué frío me está entrando, Rosario. Me tiembla todo el cuerpo. Y ahora qué hacemos. Ay, que me da mucho miedo de los muertos, llama a Milagros.

Salimos corriendo, casi tropezando, al pasillo. ¡Milagros!, dije, ¡Milagros!, quería gritar pero casi no me salía la voz. ¡Milagros!, gritó Palmira, y su voz sonó histérica. Milagros asomó la cabeza por la puerta del salón, frotándose los ojos, mirándonos sin entender, parecía a punto de preguntarnos qué hacíamos ahí, las dos de pie, una frente a otra en el pasillo estrecho. Se ha muerto, Milagros, ya se ha muerto.

—Os acompaño en el sentimiento —dijo Milagros. Palmira me miró para que yo dijera algo. Pero Milagros siguió hablando, ante nuestras miradas de asombro, improvisó un discurso que a veces tenía que interrumpir porque se le saltaban las lágrimas—, yo la quería mucho, sí, la quería, dicen que las personas dementes no sienten, no es verdad, Rosario, ¿no te acuerdas la otra tarde, cuando le canté la canción de se vive solamente una vez?, ¿es que no parecía que seguía la letra, no parecía feliz cuando se quedó dormida?, cuéntale cómo me pasaba la mano por la cara, está feo presumir del cariño que te tuvo un muerto, pero ni a Rosario le hacía eso, ni a la asistente social, ni al médico, ahora, venía yo y me pasaba la mano por la cara con una dulzura, qué pena que te lo hayas perdido, Palmira, que te lo cuente Rosario.

Yo notaba la impaciencia de Palmira, y sentía la mía en el estómago. Le hubiera gritado, cállate y haz lo que me prometiste que harías de una puñetera vez. Lo que me pedía el cuerpo era decírselo de mala manera, violentamente, pero me contuve, tenía un miedo terrible a que se enfadara, se largara, y nos dejara solas con mi madre.

Verás, Milagros, he hablado con Palmira de aquello, de aquello de lo que hablamos, y ella está de acuerdo, tú mejor que nadie puedes arreglarla, no hay nadie en este mundo en quien podamos confiar como en ti, ¿verdad, Palmira? Y Palmira dijo que sí con la cabeza, mirando al suelo, avergonzada porque yo acababa de ser testigo de su rechazo, de su desprecio, y ahora era testigo de su necesidad. Milagros nos miró, y se abrió paso entre nosotras sintiéndose importante. Ése era su destino en la vida, hacer todo aquello para lo que los demás se sentían incapacitados. Pasó entre nosotras, yo juraría que iba sonriendo, y entró en la habitación. La oíamos trajinar, destaparla seguramente y sopesar qué podía hacer con ella. Nos pidió, venga, traerme agua, cepillo, algo de maquillaje. Qué de maquillaje. Pues yo qué sé, colorete, un pintalabios. Nosotras íbamos obedeciendo. Llamábamos a la puerta y ella, como si adivinara nuestro escrúpulo, asomaba una mano y cogía las cosas. Una de las veces, sacó la cabeza para decir, qué le ponemos. ¿El hábito de sus promesas?, pregunté a Palmira. Le quedará muy grande, dijo ella. Todo le va a quedar grande, dijo Milagros, la experta, pero no os preocupéis, lo que importa es lo que se ve de frente, la tela que le sobra yo se la remeto por debajo. Pasaron unos diez minutos. Volvió a salir para informarnos: le he puesto unos zapatos negros, a juego. Vale, vale, estupendo. ¿Le pongo alguna joya, algún broche...?, preguntó. Las dos hijas nos miramos sin saber qué responder. Saca el joyero que hay encima del tocador, dijo Palmira. El joyero pobretón estaba entre nosotras, entre las manos de las hijas, el joyero de las cuatro cosas. Milagros quiso disipar nuestras dudas. El broche le quedaría bonito, para que no sea todo tan oscuro. Es que el broche, dijo Palmira, el broche me gustaría quedármelo a mí, de recuerdo, si no te importa, Rosario. ¿Unos pendientes?, preguntó Milagros, y metió la mano en la caja y sacó uno. No, no, Milagros, dijo Palmira, tú sigue a lo tuyo, que esto es cosa de hermanas, nosotras hablamos de esto y ahora te decimos.

Has sido un poco brusca, le dije a Palmira en voz baja una vez que Milagros volvió a meterse al cuarto. Es que creo yo que éstos son asuntos muy personales, muy entre tú y yo, dijo ella. Bueno, di, decide, antes de que vuelva a salir, porque la conozco y va a insistir, dije. Palmira se acercó y me dijo al oído, es que nunca en la vida he sabido de nadie a quien se enterrara con las joyas, las joyas se quedan como el recuerdo más personal para las hijas, para su nieta, dime tú, qué hace mamá, con las sortijas, si al final los cuerpos acaban... No pudo terminar la frase, se sentía molesta incluso de haberla iniciado, molesta porque yo no fuera la que pusiera fin a ese absurdo debate.

Milagros asomó la cabeza. Déjale el anillo de casada, le dije. ¿Tu madre era diabética?, preguntó Milagros. ¿Por qué?, preguntamos las hijas. Porque a los diabéticos no se les cierra la boca. ¿Y qué se hace?, le dije. Si queréis podemos dejarla con la boca abierta, pero parece que no queda presentable, buscar por ahí una pelota de tenis, algo para encajarle debajo de la barbilla, luego yo se lo tapo con el vestido.

En el cajón del aparador había dibujos escolares, hilos, cartas, recibos de la luz, publicidad de restaurantes a los que ella nunca fue, papelillos en los que iba escribiendo teléfonos que luego nunca encontraba, cupones de la once, una foto mía en el portal vestida de negra el día en que canté el *Voulez-vous coucher avec moi*, y una pequeña muñeca rellena de arena vestida de baturra. Esto mismo, dije.

Milagros nos abrió la puerta al cabo de media hora, un poco antes de que viniera el médico a certificar la muerte. Había hecho la cama y mi madre reposaba, diminuta, en el centro. La boca se había cerrado pero se notaba un pequeño bulto en el cuello, debajo del vestido, como si llevara un pañuelo, y la cabeza estaba un poco vencida para atrás.

—Es que no había manera de que quedara recta —dijo Milagros, como el artista que explica las dificultades que encontró para realizar su obra.

En las mejillas había pintado algo de colorete y el pelo ralo y, hasta hace un rato, despeinado y sudoroso, estaba perfectamente peinado y recogido primorosamente en unas horquillas a los lados. En las manos, mi madre, Encarnación, sujetaba el rosario. Me pareció una gran idea y así se lo dije a Milagros.

—Milagros, lo del rosario es un gran detalle, a ella le encantaría.

Y Milagros, feliz de serme útil, de sentir mi aprobación, se acercó para darme un abrazo, y yo me eché para atrás casi dando un salto, por la grima que me producía el pensar que entre sus manos acababa de haber un muerto, aunque ese muerto fuera mi propia madre. En la habitación había un olor extraño, el olor del sudor de tantos días y de la colonia con la que Milagros había frotado el cuerpecillo de mi madre antes de vestirla.

Nos quedamos las tres de pie frente a la cama, sin hablar, sin llorar, sin que se nos oyera casi ni respirar. Y de nuevo el reloj de cuco saltó de su jaula. Las dos hijas nos llevamos la mano al corazón, asustadas, como si de pronto temiéramos que fuera una señal negativa de la madre muerta. Ahora mismo lo tiro, dije. Pero Milagros saltó como un resorte, ¡No, no lo tires, si lo vas a tirar me gustaría quedármelo de recuerdo!

Lo descolgó de la pared y lo estuvo mirando un buen rato, hasta que llegó el médico y nos dijo, qué prisa se han dado ustedes en arreglarla, y le tomó el pulso para comprobar lo que ya sabíamos todos, que estaba muerta.

CAPÍTULO 6

Porque creo en la vida eterna, por eso me dan miedo los muertos. Porque creo que el alma no abandona el mundo en el que ha vivido así sin más, como el calor abandona el cuerpo, sino que se dedica a deambular entre las cosas que le pertenecieron y poco a poco se desvanece igual que se desvanece el olor o el recuerdo de las personas.

El olor de mi madre estuvo mucho tiempo en la casa, pegado a los sillones, a las faldillas de la mesa, el olor y los ruidos que ella hacía al andar alejándose por el pasillo. Yo la veía a veces. Fugazmente, la veía. Cuando entraba en casa, sentía su presencia detrás de la puerta, igual que siempre, igual que cuando me esperaba alterada para preguntarme si era cierto que era Milagros la mujer que conducía el taxi. Nunca te la quitarás de encima, decía. Y yo pensaba, ni a ti tampoco. La sentía igual que entonces y el corazón me empezaba a latir y cuando, armada de valor, miraba tras la puerta, ya había desaparecido; también la oía respirar dentro del armario y tomé por costumbre dejarlo abierto para que el alma pudiera salir y entrar a su antojo, a no ser que viniera Morsa a dormir, entonces no, entonces la encerraba con llave, como hacía cuando ella aún vivía.

Ya sé que cualquiera me podría decir que para las almas no hay puertas ni llaves que valgan, que las almas atraviesan paredes y muros de piedra porque son incorpóreas, pero yo lo hacía, sobre todo, para que ella percibiera que seguía habiendo un respeto, que el que ya no estuviera no me había arrojado a la mala vida. Al contrario, después de morir mi madre me volví más comedida porque me torturaban los remordimientos.

Es tremendo el daño que nos puede hacer un enfermo, primero nos convierte en esclavos de su debilidad y luego, una vez que ha muerto, nos hace preguntarnos si lo hicimos de buen grado o estuvimos deseando a cada rato que se muriera. Y aunque yo estoy convencida de que en cierta medida los remordimientos son necesarios para prevenir locuras tales como acabar con la vida de tu madre antes de que tu madre acabe con la tuya y que sólo los psicópatas no los tienen y sólo los ateos radicales los evitan, los remordimientos después de que ella muriera fueron tan continuos y agresivos que me llevaron primero al psiquiatra del seguro y luego al sacerdote al que ella solía acudir y que tuvo el detalle de decir una misa en su memoria sin que tuviéramos que abonarle nada, sólo por amistad. Pero ni una cosa ni la otra dio resultado. Para empezar, no sé cómo serán los psiquiatras privados, tal vez tienen más consideración con el cliente (de lo que no sé no me siento autorizada a opinar), pero en lo que se refiere al del ambulatorio aún hoy que lo pienso fríamente no me cabe en la cabeza que aquel individuo que llevaba toda la mañana atendiendo a drogadictos mentirosos y amas de casa ludópatas no estuviera a la altura de mi problema, que era un problema, sobre todo, de índole moral, porque yo con mi madre no me porté rematadamente mal, me porté como cualquiera en mi lugar (tal vez no debería haber llevado a Morsa a casa, eso es lo único por lo que se me podría culpar y lo acepto), pero los remordimientos eran más profundos, eran la consecuencia de que yo sabía que dentro de mí había un deseo íntimo de que muriera.

Todas las tardes cuando abría la puerta de casa pensaba, ¿dónde estás: armario, cama, sillón?, y cuando la encontraba le pasaba la mano por la cabeza y lo que yo sentía con tanta fuerza que me costaba horrores no decirlo a gritos, era: muérete ya, muérete. Los deseos se pueden ocultar a los ojos del hombre pero no a los de Dios ni a los de los muertos y yo tenía la sensación de que las fugaces apariciones de mi madre eran señales de reproche. Así mismo se lo confesé al psiquiatra, con la sinceridad con la que hablo ahora, de la forma en la que creo que debes hablar a un especialista al que acudes al borde de la desesperación, con ojeras porque el miedo te quita el sueño. Había cosas inexplicables, como que un día oí desde el salón que algo se rompía en la cocina y reponiéndome del terror que me agarrotó la nuca, fui a ver qué pasaba, aunque estaba segura de que era ella, porque eso lo sientes, y me encontré en el suelo la taza en la que mi madre solía tomarse el poleomenta, taza que, sin lugar a dudas, yo había dejado perfectamente apoyada en el poyo de la cocina y que no había fenómeno racional que pudiera explicar que fuera deslizándose hasta estamparse contra el suelo. Salí de casa jadeante, en zapatillas de andar por casa, y llamé a Morsa para que viniera a pasar conmigo la noche porque no tenía valor para cruzar el pasillo y sentir su presencia a mis espaldas. A su vez aquello me hizo pensar si la lectura correcta de esos hechos fuera de toda lógica no sería que mi madre intentaba atraer a Morsa hasta casa y así afianzar nuestra relación. Yo qué sé. El miedo lleva al pensamiento por caminos inesperados.

El caso es que, como digo, cuando me vi delante del psiquiatra le hablé abriendo mi corazón de par en par, animada por esa leyenda que dice que los psicólogos y los psiquiatras están cansados de oír las mayores barbaridades sin cambiar el gesto dado que a ellos nada que produzca la mente del ser humano les parece anormal. Y cuál no sería mi sorpresa cuando el hombre puso una cara de preocupación, un gesto raro, que a mí me inquietó profundamente, porque es evidente que si acudes a un especialista de este tipo, de cuya eficacia yo tengo mis dudas porque aún está por llegar el día en que a un loco de verdad le den el alta definitiva, es para que el especialista te tranquilice a ti, pero más bien fue al contrario, yo creo que le tuve que convencer al tío de que yo estaba en mis cabales. Inaudito. Hoy regalan los títulos en las universidades.

El tío me empezó a preguntar si dormía bien, me preguntó si en el período de duermevela sabía distinguir entre la realidad y el sueño, si alguna vez creía haber tenido alucinaciones, y si era la primera vez que tenía visiones. Cuando oí la palabra visiones es que no daba crédito. No daba. Le pregunté si lo que él llamaba «visiones» eran imágenes provocadas por cierto trastorno. Se lo pregunté sin andarme por las ramas. Las cosas claras desde el principio, le dije, que somos dos personas adultas. Y me dijo que sí, pero que tampoco había que dramatizar la palabra «trastorno». Ah, bueno, le dije, muchas gracias, y me dio la risa, pero el hombre sólo fue capaz de sonreír con un lado de la boca.

Siendo fiel a la verdad, él se dirigía a mí todo el tiempo serio y seco, como si estuviera delante de una trastornada. Me dolió su actitud distante y me reafirmó en la idea de que en la actualidad este tipo de especialistas, psicólogos, psiquiatras, asistentes sociales, tratan mejor ciertas dolencias, como la adicción a ciertas drogas o determinadas patologías que están, por así decirlo, de moda, como la depresión, el estrés o la falta de apetito sexual, que las que podemos tener personas normales y corrientes a las que la vida nos sitúa en una encrucijada. Es como si ellos lo tuvieran que tener todo clasificado, todo en su casillita, y si tu «mal», tu «enfermedad», no corresponde a ninguna de esas casillitas que ellos han estudiado y que les sirven para andar todo el día de congresos, eso les irrita profundamente.

Sintiéndome un poco humillada, la verdad, yo le pregunté si era creyente. Él quiso aparentar que la pregunta no le hacía mella, pero yo le noté cierta incomodidad (se revolvió en el asiento, carraspeó, no me miró a los ojos) y me contestó que eso no tenía la menor importancia. No me dio la risa porque el momento era bastante tenso pero era para reírse. Yo le dije que para mí esa cuestión era fundamental porque su forma de interpretar mi problema sería completamente distinta si él creía en la existencia de vida después de la vida o si al contrario pensaba que con la muerte moría el alma y se acababa todo. Y entonces me dijo, ¿y si le digo que no creo, qué pasa?; y yo le dije, pues si me dice que no cree entonces lo más seguro es que usted esté pensando que yo estoy perdiendo la cabeza. No tanto, no tanto, me dijo.

—Creo —dijo apuntando algo en el papel donde estaba estrenando mi «historial»— que tal vez tiene usted una depresión bastante seria, provocada por una pérdida que ha sido traumática, complicada, y que ha venido después de un sufrimiento demasiado prolongado en el tiempo; no me refiero únicamente al sufrimiento de su madre, sino al suyo también.

¿Cómo se cree, le dije, que era yo antes de la muerte de mi madre? No lo sé, me dijo. Entonces, le dije, ¿cómo puede saber que mis convicciones son producto de una depresión?; ¿qué convicciones?, me dijo. Ay, ay, ay, no me hace usted caso, el convencimiento de que no somos sólo un cacho de carne, de que hay vida eterna, y de que durante un tiempo los muertos tienen cuentas pendientes con los que se quedan. Yo creo, me dijo, que al margen de sus creencias, que para mí son muy respetables, aunque no las comparto, pero las respeto, repito, todo lo que usted ve por los pasillos de su casa o esas sombras que percibe dentro del armario son el producto de su mala conciencia, justificada o no, tampoco lo sé, una mala conciencia que suele ser algo común en las personas que han cuidado a enfermos terminales, y más a enfermos que pierden la cabeza.

—Rosario —me dijo, y entonces levantó la vista del papel y me miró a los ojos—, si yo fuera su amigo, no un psiquiatra en una consulta, no, si yo fuera su amigo le diría que no hay nadie, ningún espíritu en su casa, que lo más sensato, lo más saludable sería que saliera usted un tiempo de allí, que se perdonara, desde un punto de vista cristiano también si quiere, por todo lo que ha hecho, que pensara que la vida ha sido con usted lo suficientemente dura como para dejar huellas traumáticas, y que en el corazón, por emplear una palabra común, quedan heridas, igual que quedan en los huesos o en la piel después de un golpe, y usted tiene que estar atenta a esas heridas, tiene que mimarse, y si tiene amigos o familia, dejar que la mimen, y ahora, desde mi posición de psiquiatra, le puedo mandar una medicación, un antidepresivo que puede tomarse por la mañana, y un relajante para dormir, esto, a mi entender, le vendría a usted fenomenal, y dentro de un mes viene y me cuenta. El tiempo también cura, el tiempo y la química, tal vez si combinamos el efecto beneficioso del tiempo con el de ciertos componentes químicos sienta usted una notable mejoría, si no fuera así, si usted sigue sintiendo la angustia que ahora siente, porque creo que lo que usted sufre es una angustia insoportable, tendríamos que hablar de una terapia, de una ayuda semanal.

El doctor Nosecómo, no me acuerdo del nombre, levantó el boli y me miró interrogativamente. Ellos levantan el boli y ya se sienten mejor. También tienen su patología.

—Recete, recete —le dije.

—Seropram, una al día. Idalprem, una por la noche.

—¿Esto, digo, lo que le he dicho que me pasa, no tendrá nada que ver con la esquizofrenia, por lo de ver apariciones y tal? —le dije con ironía.

—No —dijo él serio, o bien no captó la ironía o bien no le hizo gracia—. A lo mejor al principio —dijo— siente un sabor metálico en la boca y algunos pacientes han hablado de una sensación rara en la cabeza, pero si usted estima que son pequeños síntomas y puede soportarlos, déjelos pasar, el cuerpo normalmente se acostumbra y los síntomas desaparecen.

—Y esto dice usted que lo tomo durante un mes —le dije sin perder la sorna.

—No, al mes lo que tiene que hacer es venir aquí, a no ser que le sienten mal los medicamentos, entonces tiene que venir antes; de momento creo que lo va a tener que tomar usted al menos seis meses, luego ya veremos.

—¿Y la baja, no me la da? —le dije.

—¿Usted la cree necesaria? —me miró a los ojos.

—Una semanilla o dos, si no le importa —dije haciendo un gesto como de trapicheo con las manos que me hizo sentir por primera vez más idiota que el médico.

—Muy bien, dos semanas, le vendrán estupendamente —dijo sin mirarme—, siempre y cuando no se quede usted en casa inactiva recreándose en sus obsesiones. La medicación es para ayudarla a salir de ellas. ¿La regla le viene regularmente?

—Sí, sí, como un reloj —le dije con cierto orgullo—, ¿por qué me iba a venir mal?

—Por nada, era sólo una pregunta formularia.

—¿Es usted creyente? —le volví a preguntar.

—No, no soy creyente.

—Muy bien —le dije intentando ser suave, tranquila, razonable—, yo me tomo la medicación que usted me manda, yo descanso, cambio los muebles de mi casa, me deshago de las cosas de ella, tiro hasta el colchón, y tal vez eso arregle algo, no digo que no, pero le aseguro que mi madre se aparece, ella me amenazaba con hacerlo, con aparecerse, si no la enterraba como ella quería, tenía sus manías y a pesar de ser muy creyente defendía la idea equivocada de que el alma es tan frágil como el cuerpo, pensaba que el alma sufría dentro de un crematorio, pensaba, era muy inocente, que si una vez muerta donábamos sus riñones o su hígado para devolverle la vida a un moribundo, la falta de alguno de sus órganos alteraría su vida eterna, o sea, que aun siendo creyente estaba llena de supersticiones, como les ocurre a muchos beatos. Aunque yo no tengo una idea tan pueril de la muerte todo se hizo como ella deseaba porque yo soy una persona que tiene un respeto a las últimas voluntades de la gente, ya sé que a usted esto le puede parecer una solemne tontería, a usted le parecerá, como a todo el mundo, que las últimas voluntades que importan son las tocantes a la parte económica, mi hermana es así, mi hermana no paró hasta que se quedó con la sortija, con la lamparita, con la cubertería, yo no quería nada, bueno, quería algo más importante, que todo quedara en paz con respecto a ella, a mi madre, que su vida tuviera un punto final y que a mí se me permitiera estar tranquila, tener al fin una oportunidad, pero es que después de cumplir paso a paso todos sus deseos, de vestirla con el hábito morado, de colocar el rosario entre sus dedos y de enterrarla con su madre, ella tenía ese capricho, en el cementerio de Saelices, que estaba a tomar por saco, y me costó una discusión muy agria con mi hermana, porque ella, muchos golpes de pecho pero al día siguiente, el muerto al hoyo y el vivo al bollo, y se quería volver volando a Barcelona porque dice que tiene una familia y yo no, y dice que por eso la tengo envidia, yo envidia de ella, qué risa, y le dije, no, de eso nada, tú te llevas la sortija, la lamparita, la cubertería, la vajilla y lo que quieras, tuyo es, pero no me dejas sola en el cementerio de ese pueblo en el que no conozco a nadie porque todos los que nos conocían, unos tíos que teníamos allí, se han muerto, y los que no se han muerto, no se acuerdan ya ni de cómo nos llamamos, y qué hago yo, como una desgraciada, recibiendo tres pésames de mierda y sin saber qué cara poner, y me puse tan burra que se tuvo que venir, a ver, se tuvo que venir, de morros, pero se vino, y fue muy triste, es muy triste enterrar a las personas sin que vaya casi nadie a ver cómo esos animales que trabajan en los cementerios bajan con las cuerdas el ataúd al hoyo. Yo no digo que todos los trabajos se tengan que hacer por vocación, porque comprendo que hay algunos en los que cuesta tenerla, como en el mío, porque es evidente que nadie nace con vocación de limpiar la mierda ajena, pero hay que tener amor propio por el trabajo bien hecho, y no sé cómo eligen a esos fulanos que meten los ataúdes en el hoyo, que antes eran enterradores y ahora son funcionarios, pero en todos los entierros de los que he sido testigo bajan al muerto a trompicones, y vale, no sufre, porque el alma ya no puede sufrir físicamente, pero yo creo en el respeto, creo en el respeto, y como era de esperar en el entierro de mi madre se lucieron, como siempre, sólo les faltó dejar caer el ataúd dándole una patada, tirándola encima de la madre de mi madre, mi abuela, que está en el mismo hueco enterrada, la Rosario que tuvo la culpa de que a mí me pusieran Rosario, y no me parece bonito ni delicado ni cristiano tratar así a los muertos, para eso acabemos antes y arrojémosles en una fosa común. El enterrador me dijo que si abría la tapa para verle la cara por última vez, pero me lo dijo como si fuera una molestia muy grande, como si estuviera frito por marcharse a tomar un coñac, y yo le dije, no, da igual. Proceda, le dije. Y no sé cómo me vino ese verbo a la boca porque es un verbo que yo no había usado nunca ni creo que vuelva a usar en mi vida. Proceda, le dije con solemnidad. Y el animal, ayudado por otro animal que debía estar en prácticas, porque era un jovencito, procedió, vaya que si procedió, ya digo, se oyó el golpazo de la madera al caer desde esa altura considerable sobre el otro ataúd. Y entonces fue cuando yo le dije, un poco de consideración, por favor, que es mi madre, y me miró con cara de decir, y a mí qué me cuenta, señora mía. Todo eso me hizo pensar en la poca fidelidad que tenemos las personas a nuestros antepasados, en que las personas se merecen un final más bonito, se merecen más gente en un entierro, y se merecen que el funcionario las baje a la tierra en la que han de convertirse en polvo con más cuidado. Esas cosas te pueden herir más que la muerte, se lo aseguro, pero lo que yo me pregunto, lo que no dejo de preguntarme es: si cumplí con todos sus deseos, si hice todo aquello que ella me pedía cuando aún en su cabeza vagaban sus únicas tres ideas, si lo hice aun teniendo que pelearme con su hija favorita, si conseguí llevármela a su cementerio del pueblo para que estuviera junto a su madre y su abuela, si llamé a mi padre, según su deseo, y le pedí que viniera, si lloré delante de su tumba, por ese final tan solitario que tienen aquellos que pierden la memoria y también por mi suerte, entonces, dígame, por qué parece tener ese empeño de no abandonarme, de qué manera quiere intervenir en mi vida, si yo he sido, al fin y al cabo, la que ha seguido sus órdenes a rajatabla, por qué su alma no viaja a Barcelona donde vive mi hermana, que no vino a visitarla casi en el último año, por qué el alma se ha quedado encerrada en un piso de setenta metros cuadrados. Y ya sé que me obsesiono intentando interpretar el significado de sus apariciones, cuando lo que yo debería hacer, de una vez por todas, es pensar en mí misma, tener por fin una vida que se pareciera un poco a lo que yo deseaba.

—¿Y qué deseaba usted? —me preguntó el médico.

Se me hizo un nudo en la garganta, me entró una necesidad repentina de llorar. Le miré con los ojos llorosos pero no quise que me viera frágil, no quería que me tratara como a cualquiera de sus pacientes.

—Ya no me acuerdo —le dije—, no me acuerdo. Pero a lo que iba, que ella se aparece, eso se lo aseguro.

Y salí de allí con las recetas en la mano.

Podía haber cogido el autobús para volver a casa pero tenía una ansiedad, un mal cuerpo, que era incapaz de ponerme a la cola a esperar debajo de la marquesina. Olía la tormenta que amenazaba con descargar de un momento a otro pero me dije que hay días en los que uno tiene que arriesgarse a lo que sea, a que le caiga un chaparrón encima. Salí en un estado tan penoso del psiquiatra que me pregunté cómo es que la gente vuelve una vez a la semana. Yo sería incapaz. Me había sentido como si me estuvieran examinando. Examen de comportamiento. Y además era muy deprimente que te pusieran en la misma sala de espera que gente tan echada a perder. Es lo que tiene lo público, que no discrimina, va a mogollón. Cayó una gota enorme, ya esa sola gota me mojó media cabeza, y a partir de ahí fue como si me estuvieran tirando cubos de agua encima. Yo era la única criatura que iba por la acera, sin paraguas, sin prisas, dejando que la lluvia me purificara, una escena que se ha visto tantas veces en las películas y que, ahora, dada mi situación, cobraba sentido. Crucé el puente sobre la M-30, ese puente que se ha convertido con los años, inexplicablemente para mí, en paseo de madres con niños y abuelas deportistas, y me detuve en el centro a mirar los coches que pasaban por debajo. Me pareció que un coche reducía la velocidad; tal vez el conductor pensó que yo me encontraba al borde del suicidio porque incluso yo entiendo que es un poco raro que una mujer esté apoyada en la baranda de un puente cuando está diluviando. Comprendo que eso a un conductor le inquiete. Pero no estaba en mi corazón quitarme de en medio, al contrario, aunque me daba miedo volver a casa por las apariciones sentía el vértigo de la curiosidad que me provocaba imaginar cómo iba a ser mi vida a partir de ahora. Cuando me decidí a echar a andar de nuevo y cruzar el puente dejó de llover, así es la vida y el cielo se despejó iluminando la tarde como si el día fuera a tener muchas más horas de las previstas. Las cosas adquirieron esos tonos que a mí me parecen celestiales porque son los tonos con los que estaban coloreadas las ilustraciones del libro de la catequesis. Antes de torcer para casa, de pronto, me sentí poderosamente atraída por la parroquia a la que iba mi madre, cuando aún iba a algún sitio. Completamente mojada y desorientada psicológicamente, entré, me santigüé y me quedé parada frente al altar mayor, bueno, no hay que exagerar, frente al altar, porque sólo había uno y con un Jesucristo de estilo abstracto, que sabías que era un Jesucristo porque estaba pegado a una cruz, y digamos que eso es una pista importante. Claro que también sabías que aquello era una iglesia porque había un cartel en la puerta, pero podía haber sido perfectamente un hogar del pensionista. No había nadie en la iglesia, no había esas viejas de los pueblos que se pasan la vida encendiendo velas a los santos, estaba yo sola, sin saber qué hacer ni cómo rezar, porque, como ya digo, mi relación con Dios es continua, yo no concentro mis conversaciones con el Señor en unas cuantas oraciones, yo hablo con él de una manera natural, sintiendo su presencia constante. Si piensas como yo y como algunos teólogos, que Dios está contigo siempre, qué sentido tiene dirigirte a él de pronto, en un lugar y en un sitio determinado, cuando se supone que camina siempre contigo. Sentí unos pasos a mi espalda y me llevé un sobresalto tal que me llevé las manos al pecho para contenerme los latidos del corazón. Sinceramente, por un momento, temí que fuera mi propia madre que había hecho acto de presencia en la iglesia, pero al ver que era el cura, me dio la risa, y pensé, sin querer darle la razón al doctor Nosecuántos, que tenía que admitir que estaba un poco obsesionada. El padre Lorenzo me dijo, vaya, vaya, qué sorpresa, Sagrario, ¿cómo estás?; pues empapada, le dije, y no le corregí mi nombre porque me pareció feo de entrada.

—¿Quieres algo, quieres hablar conmigo, o prefieres sentarte sola? —preguntó.

Y yo hice así con los hombros, como diciendo que no sabía qué es lo que prefería, o como sopesando la posibilidad. Él me señaló la banca y, para mi sorpresa, se sentó conmigo. Por algo habrás entrado, me dijo. Y yo le dije, sí..., y me quedé con la frase a medias por no saber cómo llamarle porque al padre Lorenzo todo el mundo le llama Lorenzo, a secas, y a mí llamar a un cura sólo Lorenzo me da apuro, ¿qué hago yo con un Lorenzo sentada en la semioscuridad de una banca de iglesia?

He entrado, le dije, casi sin darme cuenta, me estaba acordando de la cantidad de veces que he acompañado yo a mi madre hasta esta puerta. ¿Tú nunca entrabas?, me preguntó. Yo no, a mí las misas..., hice un gesto negativo con la cabeza y bajé las comisuras de los labios, en una mueca muy frecuente en mí y que me pone muy fea. Tengo la voluntad de no hacerla más, pero se me escapa, debí nacer con ese gesto genéticamente. Pero que conste que soy creyente, le dije, una cosa no quita la otra. ¿Echarás de menos a tu madre?, me dijo. Sí y no, le dije mirando al suelo.

—¿Sí y no?, repitió.

Bueno, ya sabe la enfermedad que tenía, le dije, por si no se acordaba. Tutéame, dijo. Y yo le dije que lo sentía mucho pero que no, que para mí un cura era un cura y tenía que ser un cura.

—¿Quieres rezar tú sola? —me dijo—, hasta las ocho está abierta la parroquia.

—¿Y a las ocho, a las ocho qué es lo que pasa? —le dije. A mí misma me sonó mi pregunta impertinente.

—A las ocho echo el cierre, me voy a casa, veo el telediario, ceno y me acuesto. Lo que tú, más o menos.

—Debería estar abierto siempre —le dije—, hay urgencias espirituales.

—¿Tú tienes una urgencia espiritual? —me preguntó y, como bajé la cabeza, él se inclinó, buscó mis ojos—, ¿tienes tú una urgencia espiritual?

—No lo sé, no sé por qué he entrado, la verdad. —Empecé a tiritar.

—Te ha pillado la tormenta en plena calle.

—Venía del psiquiatra, y como está al lado del puente, pues me ha pillado cruzándolo. No, no ha sido así, padre, la verdad es que he querido mojarme, me he dicho, bah, qué importa, qué me importa mojarme si cuando suba a casa no va a haber nadie para decirme que estoy loca.

—¿Te sientes muy sola? —me dijo.

—Psss, yo es que no encuentro a nadie de mi cuerda.

—Todo el mundo encuentra gente de su cuerda.

—Menos yo. Padre, ¿usted cree en las apariciones?

—Pues depende.

—En las de Lourdes, las de Fátima, etc., ¿en ésas cree?

—Bueno, ésas parece que están documentadas.

—Ya, documentadas.

—¿Se te aparece la Virgen? —dijo con una sonrisa paternal, estúpida, me pareció impropio de un religioso tomarse el tema tan a cachondeo.

—¿Le hace gracia este tema? —le pregunté seria, con el ánimo de turbarle.

—No, no, perdona si te he molestado —dijo algo cortado.

—Mi madre anda por los rincones de mi casa. Acabo de contárselo al psiquiatra y ha sido..., ha sido para mí bastante humillante, la verdad, me ha tratado como a una enferma.

—Es un especialista —me dijo—, y estoy seguro de que no ha tenido intención de ofenderte, te habrá dicho lo que pensaba honradamente.

Le miré fijamente.

—Padre, me deja usted muy sorprendida. Estoy por preguntarle ahora a usted lo mismo que le he preguntado a él. Padre, ¿es usted creyente?

—Sagrario, por favor...

—Tanto pregonar los milagros, tanto con la vida eterna, y luego no se lo creen ni ustedes, me parece alucinante.

—Es un tema delicado.

—Ya lo sé, por eso se lo cuento a un cura y no estoy en la barra de un bar, no te digo. —Se me quedó una risa de lado, como la que ponía Morsa a veces.

—Bien —me dijo, se quedó pensando unos segundos, estudiando cómo formular su pregunta—: ¿por qué crees que se te aparece?

—Ahí está la cuestión, que no lo sé, pero sus apariciones me causan mala conciencia.

—Tú te encargaste de cuidarla estos dos años, ¿no es así?

—Sí, dos años... —Al decir esto, no sé por qué, se me quedó la cabeza vacía, como si me hubieran borrado el pensamiento.

—¿Sagrario?

—Sí, dos años —dije volviendo a la conversación—, pero en dos años uno pierde toda la energía positiva que se tiene hacia alguien.

—¿Y? —dijo, y miró el reloj.

—Que tiene usted que cerrar —le dije.

—Sí, pero yo no tengo prisa, tú me esperas y yo echo el cerrojo y seguimos.

Se fue, cerré los ojos y oí el ruido de sus pasos yendo hacia la puerta. Imaginé que estábamos en una gran catedral, en la de Burgos o en Nôtre Dame, lugares como Dios manda, lugares donde la confesión sale sin esfuerzo, no esta mierda. Los pasos se acercaron y con ellos el olor del cura, que olía a colonia Brumel, la misma que usaba Morsa. Estaría bueno, pensé, que tuviera un lío con el cura. Será gay, como todos, pensé también.

—Le voy a ser franca —le dije, como si en el tiempo en que él se había ido yo hubiera tomado una decisión.

—Te escucho, Sagrario.

—Póngase en mi lugar, aunque no sé si será capaz, pero inténtelo: dos años en los que tu madre va perdiendo la noción hasta para orientarse por el pasillo de su casa, dos años en los que ya no ordena sus horas de sueño, ni el camino de la cuchara hasta la boca, ni controla sus esfínteres, dos años en los que se pasa el día en el armario, dos años en los que grita por las noches, dos años para comerte todo eso tú sola, sola, con una hermana que se lava las manos y con una asistente social que viene de higos a brevas, un día a la semana y le canta unas cositas y le da la merienda como a los niños chicos, vale, muy bonito todo. Comprenderá que en dos años yo también tenía derecho a perder la cabeza...

—Es comprensible —dijo.

—... Y empecé a atarla al sillón. Lo hice por vez primera el día en que se lo hizo encima y me lo restregó por la pared del pasillo. Y aún hay más, aún más, yo soy joven, padre, soy joven, parezco fuerte, pero no lo soy, padre, yo necesitaba de vez en cuando compañía, una mano que me sobara el lomo, y alguna vez me subí a casa a un compañero de trabajo, y para evitar que ella anduviera por ahí mientras nosotros lo hacíamos, porque la primera vez abrió la puerta de mi cuarto y nos vio, y es fácil imaginarse qué sucia me sentí, pues la encerré en el armario bajo llave las veces siguientes.

—¿Cuántas fueron? —preguntó ahora, con una cara de cura preconciliar.

—Cinco. O nueve, ya pierde una la cuenta.

—¿Y qué quieres que haga yo, Sagrario?

—Que me dé la absolución y a ver si así me tranquilizo, me lo empiezo a quitar de la cabeza y ella deja de incordiarme.

—¿Tú crees que ella te incordia por eso?

—Por qué si no, a no ser, ésa es la otra posibilidad que barajo, que lo que esté buscando es que yo le pida a Morsa, el hombre con el que le digo que subía yo a casa, que venga a dormir conmigo para que yo no pase miedo y poco a poco nuestra relación se vaya consolidando, cosa que tampoco me extrañaría, porque ella siempre tuvo miedo a que yo, no sé, a que yo fuera incapaz de tener una relación con un hombre. No sé, la verdad es que no sé a qué carta quedarme. Y ahora, de pronto, pienso que tal vez una absolución es como un borrón y cuenta nueva.

—Tampoco es eso, Sagrario. Lo que has hecho es muy serio. Yo podría hacer lo que se hacía antes, mandarte tres padrenuestros, dos avemarías y que salgas tú descalza en una procesión, pero pienso que si tienes mala conciencia, una mala conciencia que llega hasta tal punto que probablemente veas cosas donde no las hay, es porque hay razones poderosas para tenerla, y que lo que tienes que hacer, eso es lo que te aconsejo, es pensar, reflexionar, y cargar con tu culpa.

—Usted quiere que yo esté amargada ya para toda mi vida.

—Por mucho que yo pensara que eso es lo que te mereces, Sagrario, la realidad es que los seres humanos se olvidan de todo. Dicen los psicólogos que lo hacen para seguir viviendo, yo creo que lo hacen por egoísmo.

—Resumiendo, que usted quiere que me acuerde todos los días de mi vergüenza, quiere que no pare de darle vueltas, que me joda, usted quiere que me joda.

—Yo no empleo ese término.

—Que me fastidie, entonces.

—¿Crees de verdad que tu madre desea verte con ese hombre, con Morsa? ¿Morsa es un mote?

—No, yo creí que era un mote porque tiene un bigote ralo y tieso, pero aunque parezca raro es su apellido.

—¿No será que la tesis de que tu madre está manipulando la situación para que acabes teniendo una relación estable con ese hombre es la forma más benévola de interpretar sus apariciones?

—Pero vamos a ver, que no lo entiendo, ¿usted no decía que no se creía lo de las apariciones?

—No quiero entrar en si son ciertas o no, Sagrario, porque entonces no iríamos a ninguna parte, lo que me interesa es saber si intentas consolarte con esa interpretación porque estás deseando llevarte de nuevo a Morsa al piso.

No dejaba de tener gracia que ya estuviera hablando de Morsa como si lo conociera de toda la vida. Me tuve que controlar, pero por un momento, sólo por un momento, estuve a punto de echarme a reír.

—No, no estoy deseando subírmelo a casa. Tengo que aclararle que a mí Morsa no me gusta tanto, vamos, que no me gusta. Me lo subo porque no hay otro. Por eso me lo subo.

—O sea —dijo el padre Lorenzo—, que en todo este juego, ¿también engañas al pobre Morsa?

—¿A Morsa? A Morsa le da igual, él va a lo que va.

—Tienes una idea un poco miserable del ser humano, Sagrario.

—Es lo que hay —le dije—, a mi entender, es lo que hay.

—¿Y dónde quedan el amor, la amistad, dónde quedan? —me dijo como si yo fuera un caso perdido.

—Ay, yo qué sé, ya me gustaría a mí saberlo.

—¿Quieres irte con la sensación de que Dios te perdona?

—Bueno, no exactamente, yo quiero irme..., a ver cómo se lo explico, yo quiero que Dios, o que usted mismo, para qué nos vamos a ir tan lejos, quiero que usted me comprenda, que comprenda que hay veces que hacemos cosas feas, sucias, lo reconozco, pero porque la vida que tenemos delante también es fea.

El padre Lorenzo se levantó y se sacudió la ropa, como si se sacudiera también todo lo que acababa de escuchar. Por mucho que quisiera ser simplemente Lorenzo, el padre Lorenzo era un cura acusador, como tantos otros. Por eso hablo directamente con Dios, porque Dios no me da tantos problemas como sus intermediarios.

—Vuelve otro día, Sagrario, seguiremos hablando.

—No lo sé —le dije—, estoy pasando una mala época y, la verdad, no sabe una dónde acudir, el médico del seguro me mira con suficiencia, usted me echa la bronca, estoy por ir a la peluquería a ver si allí, con eso de que se paga, me tratan mejor.

El padre Lorenzo me sonrió, quería ser comprensivo, pero yo sabía que ya no había nada que hacer.

—Pensándolo bien —le dije—, lo más sensato es sospechar que mi madre quiere echarme en brazos de Morsa, ella pensaba que yo era un ser imposible, no me lo decía, pero todos sabemos lo que nuestra madre piensa de nosotros desde que nacemos, ella pensaba que yo estaba condenada a estar sola, parecía saber desde el principio que mi hermana le daría nietos y yo no, así que a lo mejor, lo que quiere es cambiar el destino que ella misma me ayudó a fabricar, ¿no cree?

—Yo no creo en el destino, Sagrario.

—Usted no es creyente, padre.

CAPÍTULO 7

—Morsa, venga, levántate.

—¿Eh?

—Que ya es la hora.

—¿Qué hora?

—Las cuatro y cuarto.

—Puedo quedarme hasta las cuatro y media.

—No puedes. Venga ya, vuela.

—Mira que eres burra.

Le empujaba apoyando mis pies en su espalda, casi le tiraba de la cama. Y él me decía, no vuelvo. Pero volvía. En cuanto yo se lo pedía. No se lo pedía siempre. A Morsa había que tenerlo a raya, porque si le hubiera dejado, huy, si le hubiera dejado, Morsa es de esos seres que se apalancan y ya no les echas de tu casa. Quiso dejarse en el baño unas cuchillas, un cepillo, las cosas de aseo, la colonia Brumel, y le dije, ni lo pienses, guapo. Los días que no se quedaba Morsa se quedaba

Milagros, aunque ellos no sabían realmente que yo había establecido un turno, era como si las dos relaciones fueran clandestinas. De todas formas se lo barruntaban, porque Morsa siempre me decía, qué suerte tienes, pilla, dos idiotas a tu disposición. Y yo sé lo que consigo quedándome, decía, ¿pero qué saca la otra?, a ver si me estás engañando y tú en realidad les das a pelo y a pluma. Entonces yo le daba un tortazo en la cabeza y él me agarraba las manos y yo escondía la cara y él me buscaba la boca hasta que me encontraba y me daba un muerdo.

No es que yo sea una persona muy obsesiva y extraiga conclusiones de todo pero fíjate qué casualidad que cuando se quedaba Morsa mi madre no daba señales de vida (en sentido figurado) y cuando se quedaba Milagros más de una vez se nos cruzó por el pasillo. Eso me daba que pensar. Milagros no la veía. Yo le decía cogiéndole de la mano, Milagros, dime, ¿pero es que no la notas?, aunque no la veas, tú dime, ¿no notas su presencia? Y Milagros se ponía rígida y me decía, ay, tía, no me digas eso, que me da muchísimo susto.

Para mí, el solo hecho de que Milagros no pudiera verla probaba aún más su existencia porque los espíritus, por llamarlos de una forma que todo el mundo entiende, sólo son visibles para ciertas personas, eso es algo que está muy estudiado. No sé si puede llamarse don a esa capacidad de verlos, o tal vez sería más apropiado llamarlo desgracia.

Lo que yo no quería de ninguna de las maneras es que Milagros viera a Morsa salir del portal; así mismo se lo dije a Morsa: no me apetece en absoluto que te vea, porque lo nuestro, entérate, no es oficial. Y casi se cae al suelo de la risa, porque le hizo gracia la expresión y todavía hoy la sigue recordando y se sigue burlando. Oficial, decía meándose de risa. Morsa tiene eso, como encuentre algo a lo que sacarle punta, algo de lo que pueda burlarse, lo repite y lo repite y lo repite. Yo le digo muchas veces que para mí eso no es exactamente tener sentido del humor, sino la venganza mezquina de los que no son muy brillantes.

Morsa se quedaba algunas noches, sólo algunas, y siempre en días de diario. Se quejaba muchísimo por tener que levantarse antes que yo y marcharse a la calle a echar una cabezada en su Mondeo con un termo de café con leche y unas magdalenas antes de que abrieran la oficina y pudiera meterse al vestuario. Nada, esa espera era cuestión de tres cuartos de hora, pero él me lo echaba en cara a cada momento, y yo le decía, pero no seas animal, peor hubiera sido levantarte en tu piso de Fuenlabrada, que está en el culo del mundo. Entonces sí que tendrías que madrugar.

Le oía ducharse en mi cuarto de baño y era una sensación extraña, era como si estuviera soñando y en ese sueño estuviera casada y mi marido fuera barrendero y se levantara de madrugada para irse al trabajo. Morsa volvía al cabo del rato, la habitación se llenaba de los olores del aseo masculino y con el pelo mojado y la cara fresca y recién afeitada se inclinaba sobre mi cara y me miraba un momento, yo sentía que me miraba. No sé por qué pero lo hacía siempre. Luego me daba un beso con una dulzura que no era capaz de mostrar en ningún momento del día, ni tan siquiera cuando echábamos un polvo. Yo me hacía la medio dormida, como si no fuera conmigo. Nos vemos dentro de un rato, me decía. Su aliento olía a pasta de dientes, su piel dejaba en la habitación un rastro de su colonia y de jabón de afeitar. Lo que hay que hacer para echar un polvo, le oía decir a veces antes de irse. Por fin la puerta se cerraba y yo me quedaba media hora más, media hora con toda la cama para mí, con el edredón tapándome la cabeza para protegerme de las presencias inoportunas, y pensando que tal vez ésa era la mejor vida que podía esperar.

Yo salía del portal a las cinco y media, y allí estaba Milagros, esperándome, en la puerta, igual que hacía mi madre, sin darme tregua, sin dejar que me despejara un poco. Sonreía. Para ella, inaugurar así el día, yéndome a recoger, era una especie de fiesta inesperada, me recordaba a la alegría de los perros que no tienen sentido del tiempo y te reciben siempre con el mismo nivel de entusiasmo, lo mismo si no te han visto en cinco horas como si simplemente te has ausentado cinco minutos para mirar el buzón. Mi madre tuvo un perro. Se murió.

Y yo le dije, se han acabado los perros. No soporto ese amor tan incondicional. Tal vez, ahora que lo pienso, era lo que más me molestaba de Milagros. A lo mejor es que las personas que son demasiado serviciales me sacan de quicio. Le decía hola de una forma seca, para que viera que yo antes de tomar un café no estoy para nadie. Así que, los primeros diez minutos, bajábamos en silencio la cuesta de la calle Toledo, diez minutos en los que yo me torturaba pensando cuándo Milagros decidiría romper a hablar para no callar en todo el día. Diez minutos, casi los podía cronometrar, diez minutos que una vez superados daban paso a su voz despejada, nasal, aniñada. Empezaba con cualquier excusa: que si cuando salgamos voy a tu casa y colgamos los estores, que si no merece la pena que pagues a nadie, que lo puedo hacer yo, que lo sepas, y no confíes en Morsa, que es un chapuza, no lo digo yo porque le tenga ojeriza porque piense que tienes un rollo con él, que a mí, ya ves, lo dice Sanchís, que dice que se le ofreció a ponerle la instalación eléctrica del cuarto de baño y casi se les electrocuta la niña porque al enchufar el secador hizo cortocircuito y menudo disgusto, con lo que es Sanchís con su niña, a consecuencia de eso estuvo sin hablarle casi medio año, nosotras no conocemos la historia de primera mano porque nosotras no barríamos entonces, pero tú pregunta, pregunta a quien quieras, a Teté, a Cornelia, al Fofo, todos lo saben, Sanchís le volvió a hablar porque al fin y al cabo un compañero es un compañero y porque es muy violento salir a barrer con alguien con quien no te hablas pero en el fondo de su corazón todos dicen que se la guarda, vaya que si se la guarda; está claro que tu caso no es el mismo, que tú no te vas a electrocutar con unos estores, pero sí te puede pasar que al día siguiente se te descuelguen del techo, y te arranquen un trozo de yeso y eso también te jode. Las cosas o se hacen bien o no se hacen y Morsa es un flojo por naturaleza, ése te cuelga los estores de cualquier manera, para salir del paso. Yo no te digo nada, sólo te aconsejo, como amiga, que yo no me voy a sacar dinero con esto. Para mí colgar cortinas no tiene secretos, le colgué la casa entera a mi tío Cosme y ahí las tienes, en el mismo sitio desde hace diez años, se puede derrumbar la casa y ahí seguirían las cortinas, y eso que ya sabes cómo es mi tío Cosme, que no se le mete en la cabeza, coño, que del cordoncillo hay que tirar con cuidadito y le pega unos viajes que los estores, si vas a casa de mi tío los verás, siempre están recogidos de un lado y sueltos del otro, que me da un coraje, y se lo digo siempre, hay que ver, tío Cosme, qué falta de delicadeza que tienes para todo, la semana pasada me oyó la ecuatoriana que le limpia, y cuando estábamos en la cocina recogiendo después de comer, me dice la ecuatoriana que no sabe si irse o no irse de la casa de mi tío Cosme, y yo extrañadísima porque mi tío besa el suelo por donde pisa la ecuatoriana, porque a mi tío le quitas la ecuatoriana dos días y la casa se convierte en un corral, y ella va y me cuenta con mucho misterio una cosa a cuenta de los estores que le había ocurrido hacía dos semanas, me cuenta que había descolgado los estores porque había observado al contraluz que tenían unas manchas semiblancas que ella no acertó a saber de qué eran. La ecuatoriana los descuelga y frota y frota hasta que salieron las manchas y no le dio más importancia al asunto, pero es que el otro día va y llega media hora antes porque venía de hacerse un análisis de sangre y como las ecuatorianas son tan sigilosas la tía entró en el salón para empezar a limpiar por ahí, pensando que mi tío Cosme aún estaba en la cama y, ¿qué dices que se encontró, Rosario?

—Yo qué sé, a mí qué me dices.

—¿Tú qué dices que se encontró la ecuatoriana? Tú dilo, lo que sea.

—A tu tío Cosme.

—A mi tío Cosme, vale, pero a mi tío Cosme haciendo qué.

—Yo qué sé, yo qué sé qué hacía tu tío Cosme.

—Lo que se estaba haciendo empieza por P, Rosario, por P.

—¿Se estaba haciendo una paja?

Milagros no podía seguir de la risa que le daba: ¡Una paja, Rosario, una paja, mí tío, en el salón!

—Ay, qué asco más grande, no me lo cuentes.

—Si todavía se la hiciera en la cama, Rosario,

como todo el mundo, tiene su lógica, pero el tío marrano se va al salón, y la ecuatoriana que lo ve meneándosela al lado del estor, se pone a atar cabos y dice, este cerdo cuando acaba se limpia con el estor, y la ecuatoriana se quiere ir porque dice que ella no puede quitarse de la cabeza el haber limpiado esas manchas de mi tío Cosme, y que a ver si mi tío le ha pegado alguna enfermedad. Es que para mearse, Rosario.

—¿Y qué dijo tu tío cuando la vio entrar?

—Eso es lo mejor, que a mi tío no se le ocurre otra cosa que decirle a la ecuatoriana: «Ay, Asunción, perdona, que se me ha ido el santo al cielo y no me he dado cuenta de que era tan tarde». ¡Será anormal el tío! ¿A ti te dice eso mi tío Cosme y tú qué es lo primero que piensas?

—No sé...

—Cómo que no sabes, pues lo que piensas es: este tío marrano se hace una paja todas las mañanas antes de que yo entre por la puerta. ¿O tú no pensarías eso?

—Probablemente.

—Y la ecuatoriana dice que ella no quiere lavar más la leche de un hombre que no sea su marido.

—¿Y tú qué le dijiste?

—Le dije que eso le pasaba por llegar media hora antes al trabajo.

—¿Eso le dijiste?

—Eso mismo. Lo que pienso. Yo no llego nunca antes a los sitios por si acaso. Dice Teté que la semana pasada salió de marcha y como le daba pereza se fue al destacamento directamente y que se encontró a Morsa en su coche escuchando música y comiéndose un bollo.

—Pues igual es que volvía de marcha también, no sé qué tiene de raro.

—También lo vio otra noche el Fofo, a la misma hora, más o menos.

—Lo que está claro es que todo el mundo sale muchísimo.

—A saber lo que me encontraría yo si me fuera un día a tu casa media hora antes de las cinco y media.

—Pues qué te ibas a encontrar, idiota, el portal cerrado.

—Tendrías que invitarme un día a que subiera a desayunar.

—Un día te invito.

—Eso no es así, los amigos de verdad te dicen, sube cuando quieras.

—Pues no, a mí me gusta decidir cuándo quiero que suban los amigos.

—Hija, qué independiente eres, pareces americana.

A mí el buen tiempo me da la vida. Disfrutaba mucho caminando a paso ligero, a esas horas tan tempranas, aunque tuviera que ir oyendo a Milagros, a la que escuchaba casi siempre como quien oye llover, aunque a veces, no sé cómo, me liaba en su conversación. Sentía las piernas muy ligeras y respiraba hondo, para que me entrara hasta la cintura el aire fresco de la primavera. Ya era la segunda primavera que estaba barriendo, y la verdad es que, con el tiempo uno se acomoda y empieza a distinguir lo malo de lo menos malo, y entonces lo menos malo parece maravilloso, y había mañanas como aquélla, mañanas en las que aún no lucía la luz del día, pero el negro de la noche ya se había roto, en que daba gusto andar por la calle. Podíamos haber tomado el autobús, son tres paradas, pero a mí me gustaba bajar la cuesta, con las manos en los bolsillos, sin abrigo, sin bolso, sin nada, sólo el spray autodefensivo en la mochila (porque alguna vez me había llevado un sustillo con algún cerdo borracho), y con la tranquilidad que da tener aún el pensamiento lento y la lengua torpe, como si parte del cerebro no se te hubiera despertado todavía. Hablando del cerebro: las pastillas para dormir las dejé de tomar porque me dirás tú, si tienes que levantarte a las cinco de la madrugada, ¿a qué hora te has de tomar el somnífero?, ¿a las ocho de la tarde?, y además, qué coño, si yo dormía estupendamente, y más cuando estaba acompañada y se me quitaba el miedo a mi madre, para qué quería hacerme una adicta, porque yo soy de esas personas que tienen que tener cuidado porque se hacen adictas en cuanto te descuidas. Las pastillas somníferas las compraba, pero se las solía dar a Milagros, que siempre fue muy pastillera, y el Seroxat lo tomábamos las dos. Ella te pillaba todas las pastillas que veía que te metías en la boca y para adentro, así es como se empezó a tomar el Seroxat, que yo se lo dije, Milagros, esto no es una tontería, esto no es un Redoxon, esto es muy serio, y le leí el prospecto que, sinceramente, es para echarse a temblar, y luego me vi con ella en la tele un documental de personas que después de tomarse el Seroxat durante meses habían empezado a tener comportamientos agresivos, bien contra otras personas, bien contra sí mismos, y habían acabado muertos o en la cárcel. Y ella me decía que eso eran cosas que se inventaban otras casas farmacéuticas para hundir a la competencia. Si eso lo hacen cada dos por tres los americanos, tú qué te crees, me decía como si yo fuera una indocumentada y ella estuviera al tanto de los secretos de la farmacología mundial, además, qué coño, si tú te lo tomas, me decía, ¿por qué no me lo voy a tomar yo? Yo le repetía hasta cansarme, pues porque yo lo necesito, porque el médico me ha dicho que tengo baja la serotonina, Milagros, y esa necesidad que tengo hace que se neutralicen los efectos secundarios, eso me lo ha dicho un médico, un especialista, Milagros, pero vaya, que si tú te las quieres tomar por vicio, allá tú. Allá ella, yo compraba y ella consumía. Yo tengo por norma no meterme en las vidas ajenas.

Cuando una se ha tragado todo el invierno con los pies húmedos y los dedos agarrotados vaciando papeleras la primavera es una bendición del cielo. Ahora, por ejemplo, cuando veía en un documental histórico a esos soldados de la segunda guerra mundial avanzar a duras penas en la nieve, pensaba, pase lo que pase, una guerra, un cataclismo, un holocausto, no hay color entre pasarlo con frío o con calor, por más que se pongan. Ésta era mi segunda primavera. Hacía tan sólo un año pensaba que mi trabajo de barrendera sería transitorio, ahora estaba segura de que lo único que era transitorio eran las estaciones. La primavera, esa primavera, me proporcionó un estado de ánimo muy extraño: por un lado, estaba feliz porque el frío cabrón se había terminado, y ya se sabe, amanece antes, y todo tiene un olor distinto; también es verdad que me había cambiado de zona y esa primavera yo estaba destinada a los jardines del Matadero. Comprendo que a mucha gente le pueda parecer una tontería, pero cuando llevas vaciando las mismas papeleras de una misma calle durante un año, el hecho de andar entre los árboles y los bancos de un parque te cambia la vida. Digo que el estado de ánimo era contradictorio, me sentía feliz pero por otra parte me daba rabia aceptar esa felicidad porque eso quería decir que al final me estaba acomodando a lo que me había tocado en suerte. Y esa idea me ponía triste. El doctor Nosecuántos, al cual visité dos veces más me dijo que eso no lo podía arreglar ni el Seroxat, que eso era mi forma de ser, con la que había nacido y con la que me moriría, y que esa insatisfacción vital había personas que la canalizaban desde un punto de vista creativo y se hacían actores o poetas, pero que los que no la canalizábamos nos quedábamos sólo con el mal rollo. Yo nunca he canalizado nada, eso lo tengo claro. Me preguntó también por las apariciones pero yo prefería pasar del tema porque me había bastado y sobrado con ser sincera una vez, tampoco me gusta que se rían de mí, a los psiquiatras y psicólogos hay que dejarlos con el tipo de asuntos que ellos controlan, el resto del mundo, el de las personas normales, les suena a chino. Pero el Seroxat no me lo quitó. Él pensó que las apariciones habían cesado. Es verdad que mi madre se aparecía cada vez menos, pero eso no sólo lo atribuyo al Seroxat sino a que me deshice de todos los muebles (el colchón, claro), pinté, saneé, y estoy segura de que el hecho de deshacerte de los bienes materiales de la persona muerta va poco a poco alejando el alma de ese espacio, además de que yo pensaba cada vez menos en ella y eso también hace.

La mañana de la que hablo había estado admirando mis nuevos estores. Los había colocado de forma provisional con esa tira de celo ancha de hacer paquetes, y me había llevado el café con leche a la sala para contemplar el conjunto. Eran las cinco de la mañana, media hora antes de que bajara y viera a Milagros, y Milagros me contara lo de la paja de su tío, y Milagros me dijera que ella era quien debía poner los estores, y que como tantas otras veces, me dejara caer que sabía dónde y con quién se quedaba a dormir Morsa algunas noches. No es que quiera yo ahora inventarme el cuento de que aquélla fue una mañana especial desde que abrí los ojos, pero puedo jurar, y para mí los juramentos son sagrados, que en aquella media hora, a pesar de la posible amenazante presencia de mi madre, me atreví a pensar con serenidad, por primera vez desde su muerte, en lo que habían sido los dos años últimos, y llegué a la conclusión, se me puede considerar cruel, pero así lo pensé, que mi madre debería haberse muerto mucho antes, hace lo menos cinco años, y que en esos cinco años mi vida hubiera dado el vuelco necesario, que cinco años antes yo no hubiera llegado a los treinta y puede que me hubiera atrevido a plantearle a mi hermana vender aquel piso y marcharme a otro lugar y haber tenido paciencia para encontrar otro trabajo, y a lo mejor otro novio, y otras amistades, pero mi madre me había puesto una soga al cuello y para colmo, cuidarla no había tranquilizado mi conciencia. Las personas, pensaba, mirando el saloncito, que me había quedado bastante oriental, entre los globos de papel del techo, los estores, dos budas de un verde tranquilizador que había encontrado en el Rastro y una mesa de un rojo chino, muy subida de tono, las personas deberían morirse en su momento justo, eso pensé, mientras me parecía mentira que aquella habitación tan bonita fuera mía, y miré con desagrado la taza de arcopal con sus flores descoloridas en la que llevaba desayunando treinta y cinco años que parecían treinta y cinco siglos y me di cuenta de que esa misma mañana tenía que tirarla y comprar, siquiera en los chinos de todo a cien, unos tazones para mi nueva vida. Hasta una taza puede hundirte en la miseria. Las personas debieran morirse de tal manera que en su adiós no hubiera más que la pena por perderlas, y no la impaciencia, como se acaba sintiendo muchas veces aunque las personas no estén dispuestas, como yo lo estoy, a reconocerlo. Todo eso pensé en mi salón oriental, y me sentí valiente, y dije casi en voz alta, o a lo mejor lo dije en voz alta: así es, mamá, impaciencia, y si quieres castigarme por pensarlo, ven de una vez por todas y mátame.

CAPÍTULO 8

Cualquiera que nos viera desayunar cada mañana diría que somos como una gran familia porque cruzamos bromas, nos ofrecemos favores, compartimos el pan de la tostada. A Teté le gusta la parte de abajo del pan y a mí la de arriba, la que lleva marcados los cortes en diagonal de la navaja del panadero. Si nos viera un extraño que no supiera las tensiones y los odios (o dejémoslo en rencores) que fluyen como una corriente subterránea entre nosotros diría que el nuestro es un ambiente de trabajo envidiable. Porque a primera vista, si tú no tienes idea, si tú no sabes, por poner un ejemplo, que Teté no puede colocarse físicamente al lado de Sanchís en la barra, que no puede rozarle ni la tela del chubasquero, podría parecerte que nuestras risas responden a una franca camaradería. Aquí lo sabemos casi todo de todos. Yo me entero de menos cosas porque a mí todo este cotilleo disfrazado de humanismo laboral que se traen mis compañeros me da por culo literalmente pero es tal el run run y el machaqueo que tienen a diario en el bar, es tal la furia con la que exprimen cada asunto que llega hasta sus oídos o que simplemente imaginan que hasta una persona de mis características, quiero decir, una persona prudente, discreta, se acaba enterando, aunque no quiera. Me dijo Milagros una vez que las compañeras veían esa discreción como una distancia que yo ponía con el mundo, como algo arrogante. Y yo le repetía, no seas como ellas, bonita, no me vengas con rollos, no me hagas mala sangre.

A mí con el mundo laboral me pasa como con la familia, que no lo entiendo y que no he tenido mucha suerte; esa obligación diaria de contemporizar con unas personas que te han tocado y de cuya compañía no puedes escaparte, ese tener que dedicarle todos los días un espacio de tiempo a la conversación con una gente que ni te va ni te viene, no es un plato de mi gusto. Pero disimulo, sonrío, me desnudo con ellas en los vestuarios, hablo de ducha a ducha, me quedo a comer en las fechas señaladas, cumpleaños, navidades, santos, tomo la caña de rigor todos los días, disimulo, disimulo; también con ellos, aunque no sé por qué extraña razón cuando Milagros y yo nos incorporamos a la cuadrilla ya se habían establecido los dos grupos, mujeres a un lado, hombres a otro, y eso es lo que hay, parece inamovible; de vez en cuando nos mezclamos, pero no demasiado. Morsa sí, Morsa es el comodín, el correveidile, el que va de un grupo a otro para montar una capea, un karaoke o la cena de fin de año. A él le gusta ese papel, igual que hay gente a la que le gusta ser presidente de su comunidad de vecinos. A mí personalmente me parece patético. Antes en mi escalera tenía la excusa de la enfermedad de mi madre y me escaqueaba de la presidencia, pero fue morir mi madre y acabarse la tregua, parece que lo estaban esperando; desde el año pasado llevo ese marronazo a cuestas, con todas las abuelas viudas que hay en mi finca dando por saco, negándose a gastar un duro para poner ascensor y aferrándose al calor del brasero en pleno siglo XXI, que tienen todas las varices a punto de explotar de tanto pasar las tardes con las piernas metidas debajo de las faldillas de octubre a marzo a cinco horas cada tarde, tú echa la cuenta, más de la mitad de la vida, para eso mejor estar muerta, pero nada, no hay forma de meter en esas cabezas que el brasero es un peligro para la humanidad. No es broma, ya van para tres las veces que hemos tenido que llamar a los bomberos desde que asumí la presidencia y cualquier noche salimos ardiendo y adiós estores, adiós tatami, adiós tazones chinos, adiós Rosario. Rosario y Morsa.

Todo se sabe. Todo el mundo sabe que el rechazo físico que siente Teté por Sanchís viene de que hace un año tuvieron un rollo (Sanchís lo llamó «rollete») que acabó en mal rollo. Todo el mundo sabe que Sanchís, después de haberle sacado a Teté todo el jugo posible, me refiero al terreno sexual, claro, no se separó de su mujer, como le había prometido, cosa que sabíamos todos menos Teté, que parece gilipollas como todas las tías (esto lo dijo Morsa) y se creyó que Sanchís iba a dejar a su señora legítima por cuatro polvos mal echados (esto lo dijo Milagros) en el servicio de los tíos (esto lo contó la propia Teté) cuando acababa el turno, lo cual me parece supercutre a no ser que seas como Mickey Rourke en *Nueve semanas y media*, capaz de echar un polvo de pie contra los azulejos, sujetando a una tía a pelo y encima moviendo las caderas, pero me temo que no es el caso, porque las personas normales que vivimos fuera de las películas no estamos hechas para semejantes acrobacias y, desde luego, cuando un tío ha de sostener a una tía en volandas digo yo que es imposible que pueda concentrarse a nivel sexual, o estás a una cosa o estás a otra. Es estando sólo al tema del coito y a mí me cuesta dedicarle toda mi atención, con que imagínate si tuviera que tener en brazos a Morsa. O al revés. Dile tú a Morsa que haga dos cosas a la vez. El cine a veces, sobre todo en el terreno sexual, es como para retrasados mentales. Ésa es mi modesta opinión.

Bueno, pues eso es más o menos lo que le dije a Teté, que o eras Mickey Rourke o echar un polvo sentado encima de la taza del váter (que así sospecho que sería la cosa) era supercutre. Esa palabra utilicé. Fue el día en que Teté vino llorando al bar y lo confesó todo (aunque ya lo sabíamos, hasta yo lo sabía, pero nos hicimos las sorprendidas): lo del polvo, el váter de hombres, las prisas, la «presunta» separación de Sanchís, y la definitiva no separación de Sanchís. Yo le dije, supercutre. Se lo dije yo, vale, pero todas estábamos de acuerdo a sus espaldas aunque a la hora de la verdad fui yo la única que dio la cara, las otras, muy falsas, bien que se callaron, y ella se puso rabiosa conmigo, porque es lo que suele pasar cuando te metes en un asunto de estos: la mujer despechada pone a parir al tío con el que acaba de cortar, la mujer despechada te cuenta con todo lujo de detalles todos los feos, las groserías del tío, la mujer despechada te puede revelar hasta cómo tiene el tío la polla, la mujer despechada te pone la cabeza como un bombo, y cuando tú ya estás confiada y piensas que puedes decir lo que opinas y dices, pues sí, tienes razón, tía, ese tío es un cretinazo y además no te quiere y por lo que me cuentas no te quería desde el principio y para colmo según dices no folla bien, entonces, dime, cuál es la gracia que le ves al tío. Eso le dices, y entonces, tú que creías que estabas haciendo un favor, solidarizándote, tú que creías que la estabas ayudando a desengañarse y a desengancharse del todo, tú que creías que le estabas dando ese pequeño empujoncito para volver al camino de la dignidad perdida, te encuentras con la sorpresa de que la mujer despechada se revuelve como un animal herido, se cabrea contigo, y te pega un bocado. No es la primera vez que me pasa.

Ella estaba destrozada cuando vino al desayuno, tanto es así que aplazamos la conversación para después del turno y después de ocho horas nos volvimos a encontrar en el Bar de Mauri las mismas cinco. Mauri nos había puesto la mesa en eso que él llama «el reservado», que es una mesa en el rincón del bar a la que le pone un biombo de curtipiel verde remachado en el marco de madera con chinchetas que nos deja prácticamente a oscuras, pero todo sea por la intimidad. El resto del bar come con la tele. El resto del bar, aparte del sector masculino de nuestra cuadrilla, se llena con los poceros, hombres todos, porque tenemos al lado una empresa del tema, y no puedes evitar pensar, cuando ves el conjunto que formamos a la hora de la comida que todos nos pasamos el día jaleando con mierda. El caso es que entre unos y otros estamos haciendo rico al tal Mauri, que nos prepara un menú caserito, como él dice, a muy buen precio. Nos comimos las lentejas de los lunes, que me recordaban a las lentejas del colegio, escasitas y con mucho caldo, nada que ver con las de mi madre, porque desde que mi madre perdió la cabeza, todo hay que decirlo, no he vuelto a comer como Dios manda, aunque después de pasarte la mañana en la calle, cualquier cosa caliente te sabe buena y parece que uno, a fuerza de no comer bien, va perdiendo el sentido del gusto, porque si no fuera así yo no le encuentro explicación a que las lentejas que hace la mujer de Mauri me parecieran repugnantes el primer año y ahora me sepan a gloria. No tiene sentido.

La confesión: pues eso, que la cosa se prolongó, después del vino y de los cigarritos, ya sabes, viene la sobremesa, y ella lo soltó todo, hasta llegar a que Sanchís prácticamente era un eyaculador precoz. Me acuerdo que estuvimos desarrollando un buen rato el tema. Menchu se puso de pronto muy vehemente y dijo que si un tío supera los tres minutos sin correrse ya no se le puede llamar desde un punto de vista médico eyaculador precoz; hubo bastante polémica con eso, estuvimos dándole vueltas a la cuestión de la duración del polvo, minuto arriba minuto abajo. Luego, aprovechando que Menchu se levantó para ir al servicio, Milagros bajó la voz y dijo, con todas nuestras cabezas formando un pequeño círculo sobre la mesa, que la razón por la que Menchu se soliviantaba de esa manera era porque su marido duraba más o menos eso, cuatro minutos. Nos quedamos mirando a Milagros porque la revelación era sorprendente, incluso la propia Teté, que estaba tan afectada, dejó a un lado su tragedia para decirle que tenía la obligación moral de decirnos quién le había facilitado a ella esa información, y en ésas estábamos, acorralándola, cuando Menchu volvió y la pregunta se quedó flotando en el aire. Cuando volvíamos a casa, ya las dos solas, le volví a preguntar a Milagros por sus fuentes pero fue de esas ocasiones extrañas que no soltaba prenda, supongo que porque quería hacerse la interesante o simplemente porque era una trola que se le había ocurrido para convertirse en el centro de la reunión. El caso es que Teté, ya dispuesta a confesarlo todo, contó que Sanchís era como Súper Ratón, ultrarrápido (con ese mote, por cierto, se ha quedado desde aquel día), y que la tenía pequeña (como Súper Ratón). Cómo de pequeña, le preguntó Menchu, y Teté estuvo con el dedo índice estirado diciendo así, bueno no, así, y en estado de erección, así, un pelín más tal vez. Yo ya estaba harta, asqueada de la conversación, y no porque yo sea una puritana, como ellas creen, ni por mis creencias religiosas, porque Dios jamás me ha condicionado mis relaciones sexuales. No hagamos a Dios culpable de lo que no es, todas mis dificultades de concentración a nivel sexual que me han impedido desde siempre tener una satisfacción plena están en mi cabeza, el fracaso es mío. Dios nos pone en el mundo, con más o con menos virtudes, pero luego nos deja a nuestro libre albedrío. Podría haberle reprochado mis escasas virtudes. No sé si son escasas, no sé si es mi pesimismo original el que ha hecho que sean escasas, puede que a otra, con las mismas cualidades y defectos que yo, le hubiera ido mejor en la vida. En el fondo, estoy diciendo aquello mismo que me repitió mi madre desde niña, aquello que no podía soportar cuando salía de sus labios porque seguramente intuía que era cierto, que es mi forma de ver las cosas la que me pone obstáculos, que soy yo mi peor enemigo, yo sola la que me he frustrado con mi actitud una vida mejor. Tal vez ese handicap de la falta de concentración venga de una hiperactividad mental que no me trataron de niña porque, sencillamente, entonces nadie se preocupaba de la capacidad de concentración de las personas. Muchas veces he pensado que, con haber nacido tan sólo una década después, mi madre, que no tenía iniciativas pero se hubiera dejado arrastrar por el entorno, me habría llevado a un especialista que me hubiera tratado lo que yo creo que es una tara de origen, que se podría resumir en falta de tranquilidad espiritual, y a partir de ahí, todo se desencadena. La vida es un castillo de naipes. Ya lo he dicho.

El hartazgo que yo sentía hacia esa tertulia del Mauri, que había degenerado hasta tener como tema central la polla de Sanchís, venía de que Sanchís no es sólo un compañero, es el capataz, y aunque yo no creo en la superioridad moral de los jefes, al contrario, creo que la única condición necesaria para llegar alto en estos oficios poco cualificados es ser el más trepa entre los trepas (aunque a veces he leído que en los oficios más cualificados pasa lo mismo y no digamos en la política), es necesario mantener un poco de distancia y de respeto hacia la persona bajo cuyo mando estás para no descojonarte en su misma cara la mayoría de las veces, pero me dirás qué cara le puedes poner tú a tu capataz cuando sabes de qué tamaño tiene la polla. A mí, por lo menos, eso me disturba. Yo ya no puedo mirar a ese tío de la misma manera porque no puedo borrar ese pensamiento de mi cabeza. ¿Problema mío? Yo creo que le pasa a todo el mundo, incluso a esos individuos que hacen corrillos en las playas nudistas y que son capaces de desnudarse delante de sus propios hijos sin detenerse a pensar por un momento en el condicionante que eso puede suponer para ese hijo a la hora de encarar la relación paternofilial, porque no puede ser igual la relación con un padre al que has visto siempre vestido, con una dignidad, que la que tienes con un padre al que le has visto sus partes. Me parece a mí. Para mí el único momento en que a un padre o a una madre se le tiene que ver en su completa desnudez es cuando ya la enfermedad terminal de la vejez le impide lavarse o valerse por sí solo, eso es lo único que justifica esa terrible visión y puedo decir, por mi experiencia, que es algo penoso que yo no le deseo a nadie y que ojalá que el Señor me lo hubiera evitado.

Sanchís no es mi padre, pero era y es mi capataz, era y es un compañero de trabajo y yo no tengo ninguna necesidad (ni ningún deseo morboso) de saber las características del tamaño de su pene porque, después de aquella descripción de Teté, una descripción detalladísima y no sólo en longitud (no voy a entrar en detalles), me siento totalmente condicionada, y aunque disimule y me dirija a él como siempre, está claro que desde que Teté nos puso al día de cómo estaba dotado Sanchís yo no puedo mirarlo ni obedecerlo de la misma manera. Y a veces a punto ha estado de darme la risa nerviosa.

Tal vez quedaría mejor si dijera que aquellas confidencias tan íntimas me molestaban por franca lealtad a Sanchís, pero sería mentira, y en estos momentos, ya, para qué mentir, yo no siento lealtad hacia un tío que además de ser un cretino intelectualmente, nos pone los turnos y nos reparte las calles como le sale de la polla (por seguir con el tema). Una de las cosas, por cierto, que nos hizo sospechar que había gato encerrado en las relaciones Sanchís-Teté, aparte de las típicas miraditas reveladoras, fue que Sanchís hacía malabares para que Teté coincidiera siempre con su turno, aunque eso perjudicara a un tercero o tercera. A los tíos, las ganas de echar un polvo los pueden convertir en seres inmorales. Y a algunas tías también, porque Teté tendría que haberse negado desde el primer momento a las maniobras de Sanchís por casar los turnos como a ellos les venía bien, pero no, ésa era la época en que ella se comportaba como la señora de un marqués, imagínate el marqués. La marquesita Teté. Lo de Sanchís podría haber sido para llevarlo al sindicato, pero entre que la mitad de la cuadrilla son inmigrantes y no quieren buscarse líos, la otra mitad son unos fachas, el representante sindical es Morsa, que no sé cómo un tío tan apalancado puede ser representante sindical (a lo mejor lo es precisamente por eso), y que yo, por mi parte, no quería dar la cara porque los conozco y no me fío y acabarían dejándome sola ante el peligro y comentando que no era para tanto y achacándome que soy la eterna descontenta, aquello se quedó en nada, en la quemazón habitual, y en los critiqueos diarios en el Mauri, que cesaban cuando entraba Teté. Puede parecer muy exagerado pero para mí este ejemplo es representativo de que la lucha sindical, de momento, está muerta. Y no hace falta una dictadura para acabar con ella, la democracia, con su cara bonita, puede acabar perfectamente con todo tipo de reivindicación laboral. Me río yo del sistema democrático.

Estaba tan harta de aquella confesión de Teté tan impúdica que la miré a los ojos, aunque la fuerza de mi mirada no se debió apreciar porque el biombo nos tapaba la luz del triste tubo fluorescente del Mauri, y le pregunté sin rodeos si para ella el tamaño era tan importante. No me parecía coherente su discurso, la verdad. Es algo que he observado ya en muchas mujeres, tanto rollo con el sentimiento, con el amor, tanto diferenciarse de la típica insensibilidad masculina y luego caemos en lo mismo, en el tamaño. Fue preguntarle esto, «¿es que para ti, Teté, el tamaño es tan importante? Para ti, Teté, ¿el tamaño fue importante desde el principio, desde que él se bajó los pantalones por primera vez en el servicio?, ¿a ti el tamaño te impidió tener satisfacción sexual en esos diez meses que has estado con él o has estado fingiendo diez meses ya que sabías desde que le viste al completo aquel primer día que aquella polla nunca podría hacerte feliz por mucho que él pusiera todo su empeño en hacerte disfrutar?».

Sé que fui dura, pero también lo era ella con él, qué coño. Si una mujer habla así del tío con el que acaba de cortar, qué no hablará de los demás que le importamos una mierda. Teté se quedó pálida, sin habla. Pero de momento no se apreció el mal trago que se había llevado porque las demás se lanzaron como lobas a la sardina que yo acababa de lanzar al aire y de nuevo la conversación se desvió completamente. Con estas tías te desesperas, es imposible llevar una conversación lineal y ordenada, imposible, se interrumpen unas a otras, te cortan, no te dejan jamás acabar un argumento. Lo que quedó claro es que a todas les importaba el tamaño bastante, cosa que a Teté le alivió momentáneamente el rubor que le había subido a la cara y se recuperó un poco, a todas menos a Menchu, que dijo que el tamaño era lo de menos, y que a las mujeres nunca jamás les había importado semejante cosa pero que con el auge de la homosexualidad el tamaño había cobrado una importancia inconcebible. Menchu decía que había que tener en cuenta que los homosexuales, al fin y al cabo, son hombres, y que igual que los hombres se dejan seducir por el tamaño de unas tetas o de un culo, porque tienen unos deseos mucho más primarios, el homosexual desea un miembro cuanto más grande mejor, y dada la importancia que en las dos últimas décadas había adquirido la cultura gay habíamos asumido, también nosotras, los sueños y deseos de la naturaleza masculina, que es infinitamente más primaria, menos sofisticada que la nuestra, dijo Menchu, las mujeres somos más reflexivas, más inteligentes, no forma parte de nuestro carácter ese razonamiento tan simple de cuanto más grande mejor.

Se hizo un silencio bastante molesto, porque con la confidencia inesperada de Milagros todas inevitablemente pensamos que aquella charla no era más que una defensa solapada de los atributos del marido de Menchu. A Menchu le faltan unas asignaturas para acabar psicología y siempre le gusta adornar las conversaciones con teorías que ha leído aquí o allá. Podría ser la compañera de la que yo debería sentirme más cercana, porque de alguna forma, yo siempre he tenido un interés por la mente humana y por la espiritualidad, si no fuera porque Menchu tiene la manía de llevarlo todo a su terreno, nada de lo que dice es inocente: si su marido eyacula a los cuatro minutos es cojonudo eyacular a los cuatro minutos, si su marido la tiene pequeña, lo guay es tenerla pequeña, si sus hijos son unos bordes maleducados, hay que fastidiarse y aguantarlos porque los niños necesitan su margen de expresión aunque sea a costa de la felicidad del vecino. Todos sus razonamientos están envenenados, todas las teorías que encuentra en esas revistas que lee y que nos fotocopia, como *Psico-Tropa*, dedicada a la infancia, parecen servirle exclusivamente para darle la razón en todos los actos de su vida y para quitársela al resto de la humanidad. Se le ve el plumero, como a muchos psicólogos, que utilizan la psicología para ponerse un escudo defensivo y una espada para apuntar las taras ajenas. Por eso dejé la carrera, no sólo por pereza, que también, sino porque ya a mis compañeros de facultad les iba viendo el estilo, cada vez que te tenían envidia o rencor por algo echaban mano del argot psicológico para herirte más profundamente. Tal vez yo debiera haber hecho lo mismo y ahora no estaría como estoy, pero me falta la hipocresía necesaria.

Yo tampoco dije nada sobre el tamaño, me callé, en ese tipo de temas tan espinosos es mejor no entrar. Estas tías son muy venenosas y enseguida sacan conclusiones, y no quería darles la más mínima oportunidad de entrar en mi vida, porque en esos tiempos ya estaba en el ambiente que Morsa y yo de vez en cuando nos enrollábamos. No porque yo lo hubiera dicho. Luego me di cuenta de que había sido una torpeza decirle a Teté que no entendía que estuviera tan enganchada a él dado lo desastroso que según ella era Sanchís en la intimidad. Que si Sanchís tenía tantas pegas y ella las veía tan claras, de qué coño estábamos hablando, a ver, y le repetí, no una, sino varias veces, que me parecía supercutre ese tipo de tío que aprovecha el ratillo del trabajo para echar el polvo y que encima te promete cosas que no va a cumplir, separaciones y vidas futuras. A estas alturas, le dije a Teté, mientras tú estás aquí llorando y dándole vueltas al asunto, Sanchís está volviendo a su casa después del trabajo como si tal cosa, él se sentirá bien porque ya te ha dejado, se sentirá realizado porque ha tenido su locura aventurera, y se sentirá aliviado, más cercano incluso a su mujer que antes, más necesitado que nunca de volver al redil, y para celebrar esa tranquilidad que la historia contigo le ha quitado durante meses, le echará a su mujer un buen polvo, y su mujer, que aunque se habrá estado haciendo la tonta, de tonta no tiene un pelo, pensará que sea lo que fuera la causa de que Sanchís no la tocara en los últimos tiempos, esa causa se ha desvanecido y ella ha ganado la batalla, y se pondrá tan contenta que sin avisarle dejará de tomar medidas durante unos días y se quedará embarazada de nuevo.

Tengo que decir que yo misma me asusté cuando mis predicciones, sobrecogedoramente precisas, se cumplieron: la mujer de Sanchís está a punto ahora de dar a luz. No es la primera vez que tengo esa clarividencia. Hay quien podría decir que se trata de un don parapsicológico, pero yo soy muy racional como para creer en esas supercherías, lo que creo es que mis cinco sentidos trabajan continuamente en la observación de los demás y que eso me hace imaginar cómo se va a comportar la gente. Ya digo que fue una pena que no acabara la carrera.

Yo le dije todo aquello con algo de rabia por su falta de pudor pero también había una buena intención, la intención de que abriera los ojos y no sufriera; aparte de que me pone enferma esa sumisión femenina, esa sumisión que sólo se rompe cuando el tío te deja tirada. Pero resultó que ella, que había sido tan cruel juzgando a Sanchís, con la duración de sus polvos, con el tamaño de su polla, de pronto, se puso a defenderlo como si en ello le fuera la vida, me dijo que el sexo no era lo único que unía a las personas, que las personas no éramos animales, y que Sanchís tenía una serie de valores. ¡Valores! Y citó unos cuantos, la inteligencia, el sentido del humor, la ternura, todos esos valores que suelen destacar las actrices en las entrevistas para definir a su hombre ideal. Y dijo que para ella eran mucho más importantes que lo puramente físico, y luego me miró fijamente, tan fijamente como yo la había mirado a ella hacía tan sólo unos minutos, y me dijo que tal vez yo era una de esas mujeres que se conformaban con cualquier imbécil con tal de echar un polvo, y se hizo un silencio tan insoportable como el que se había producido cuando Menchu dijo que a ella el tamaño no le importaba y todos pensamos en su marido. Como yo me olí que aquello era una indirecta malvada y que con toda seguridad el nombre de Morsa estaba en ese momento en la cabeza de todas ellas que, silenciosas, morbosas, se habían callado a ver hasta dónde éramos capaces de llegar con ese tema apasionante, que se acababa de plantear por vez primera estando yo presente, saqué los diez euros que me correspondía pagar de la cuenta, los dejé encima de la mesa y dije que adiós muy buenas. Milagros me miró sin saber qué hacer, con la cara de sufrir que ponía cuando la humanidad se interponía entre ella y yo, sin saber si quedarse y empaparse con aquel chaparrón de cotilleos o seguirme, que es lo que hacía casi siempre. Yo por un lado prefería que se quedara, porque sabía que si me seguía alguna de aquellas cabronas volvería otra vez al ataque con la sospecha de nuestra homosexualidad. Porque una cosa no quitaba la otra. Para ellas lo de Morsa no era ningún impedimento, yo podía serlo todo, bollera y ninfómana, a pelo y a pluma. Si Milagros se quedaba serían todo lo discretas que pudieran serlo porque sabían que me lo acabaría contando todo, aunque yo no quisiera.

No quiero que me cuentes lo que los demás piensan de mí a no ser que sea bueno, le dije una vez a Milagros, tú defiéndeme a mis espaldas, y ya está, con eso me doy por satisfecha. Ésa es para mí la máxima prueba de nuestra amistad, le dije, no que me vengas a amargar la vida contándome todas esas cosas horribles que los demás inventan.

De Milagros contaban chismes en mi presencia, vaya, de todo el mundo, no paraban ni paran, y yo, de verdad, hacía grandes esfuerzos por defenderla pero, sinceramente, muchas veces no podía porque me dejaban sin argumentos. Quiero decir que en algunas críticas, mal que pese, tenían razón. Esa forma tan impúdica en la que Milagros se paseaba de la ducha a los vestuarios completamente desnuda haciendo sonar las chanclas, plac, plac, plac, levantando las miradas de todo el mundo, porque la desnudez de Milagros era llamativa y no precisamente en el mejor sentido estético de la palabra. Milagros pasaba una vez y otra y otra, colocando su ropa, rascándose en los lugares menos apropiados, sentándose a tu lado, hurgándose un granito que le había salido en la ingle, hablando contigo con esa naturalidad irritante que tienen esos individuos que van a las playas nudistas, como si uno pudiera hablar de los precios de los libros de texto de los niños, o de la guerra de Irak o de una reivindicación laboral enseñando los huevos y teniendo delante a alguien que te está poniendo las tetas en las narices. No, eso no es así, le decía yo a Milagros, yo sé que tú no haces nada con mala intención, pero tienes que corregirte, tienes que crecer, porque a la gente le molesta.

También era muy comentada la afición de Milagros a llevarse cosas de la basura. Es verdad que en algún momento de tu profesión en el mundo de la limpieza te encuentras en la calle algo que merece la pena, porque vivimos en una sociedad en la que la gente no quiere cosas viejas y se tiran televisiones, ordenadores o sillas que para alguien relativamente manitas como es Morsa (Milagros no tenía razón, Morsa es lo que se llama un manitas, el problema con la niña de Sanchís —versión de Morsa— es que a la niña no se le ocurrió otra cosa que dejar el secador funcionando apoyado en el lavabo, y eso es algo que puedes disculpar en una niña de doce años pero cuando una tía de diecisiete años hace eso es que la tía es tonta del culo, en mi humilde opinión) es fácil, con un pequeño lavado de cara, con unos nuevos cables o un lijado y un barniz en el caso de las sillas, poner toda esa basura de nuevo en funcionamiento. Pero en el caso de Milagros su afición por los trastos viejos iba más allá de lo sensato y muchas veces la veías estudiando un objeto herrumbroso durante largo rato para luego guardárselo en un lado del carro. Algunas veces, con la excusa de que yo estaba decorando mi casa, se me presentaba en el piso con algún regalito, alguna taza, algún azucarero, y como sabía que yo soy una persona muy escrupulosa me venía con el cuento de que lo había comprado en los chinos. Yo se lo agradecía, pero según se iba lo tiraba, porque me parecía incoherente que habiéndome deshecho de todas las cosas viejas de mi madre, ahora me quedara con la basura de los desconocidos. Sería, de alguna manera, una deslealtad. Imagino que, a estas alturas, aquello que yo tiré de mi pobre madre, los platos con las florecillas descoloridas, el joyero del arlequín que ya no bailaba, la silleta de enea que ella colocaba al lado de la puerta del lavadero para ver mejor y hacer su croché, todo eso, estará en casa de algún progre podrido de dinero, que es el tipo de gente a la que le gustan las cosas viejas de la basura, por puro esnobismo, porque a la gente como yo, que nos ha costado tanto hacernos con una casa propia, nos gustan las cosas nuevas. Me pasó una cosa de libro, de verdad, a los dos meses después de que pasaran por casa los del Rastro para ver qué les interesaba de todo el mobiliario y los adornos de mi madre, pasé una mañana de domingo por la Ribera de Curtidores porque había quedado con Morsa en Los Caracoles, para asistir a ese número indescriptible que es ver a Morsa poner los labios en el agujerillo de la concha y absorber el gusanillo y el caldo. Hay muchas formas de comerse un caracol, y Morsa ha elegido la más escandalosa. Pero bueno, el caso es que yo bajaba la cuesta y de pronto mis ojos dieron con un pequeño objeto que me resultó muy familiar: era uno de esos juegos que se regalaban a los niños cuando hacían la Primera Comunión, un platillo con una taza, con los ribetes dorados y un paisaje pintado en la porcelana.

Me paré y lo observé un momento. Es curioso que cuando ves las cosas fuera del entorno en que las has visto toda la vida no las reconoces del todo, igual que hay gente que sólo me ha conocido a mí vestida de barrendera y luego me ve por la calle vestida de paisano y no me saluda porque no sabe quién soy. La cosa es que una chica que miraba también en el puesto al ver que me quedaba mirando la taza me dijo, ¿la vas a querer? El Rastro es así, la gente se interesa por algo cuando ve que otro está a punto de llevárselo. Lo sé porque vivo al lado y lo tengo muy observado. No sé, le dije. Aunque no sé por qué le dije que no sabía, porque yo realmente no quería una taza igual a la que acababa de vender hace dos meses. ¿No sabes?, me dijo impaciente. La tía me sonaba muchísimo, me parecía una escritora que he visto varias veces en la televisión. Me dijo que aquella taza era igual que la que a ella le habían regalado por su comunión pero, ya sabes, me dijo, con la vida y los traslados, estas cosas a las que no dabas ningún valor se pierden y luego, cuando un día te las encuentras en un anticuario, te da una nostalgia que pagarías lo que fuera por ellas. Bueno, le dije después de escuchar toda esa explicación que me pareció excesiva y que me hizo pensar que tal vez esa gente que imaginamos que lleva una vida social fascinante está tan sola y tan aburrida como nosotros, llévatela, si quieres. El dueño de la tienda salió y la tía pagó como unos ciento sesenta euros por el jueguecito de desayuno. Antes de que se lo envolvieran le dije que si podía mirarlo un momento, ella me lo dejó y me dijo que claro, tenía una sonrisa de triunfo porque se llevaba a casa el botín de su pasado, de su infancia, y eso a los escritores se ve que les encanta, y yo tomé el platillo en mis manos con mucho cuidado, porque si lo rompía ahora suponía que tendría que pagar los ciento sesenta euros, y al levantar la tacilla vi aquello que me parecía increíble que iba a encontrar. Escrito con letras doradas y con una caligrafía principesca allí estaba mi nombre: *Rosario Campos, en el día de su Primera Comunión*, y la fecha. Me dio un vuelco el corazón. Pensé por un lado en lo rara que es la vida, tres meses antes me habían dado cinco euros por ese objeto que, por otra parte, yo había estado a punto de tirar, y ahora, al ver cómo esa mujer lo tomaba de mis manos y se lo daba cuidadosamente al vendedor para que éste lo envolviera sentía que ahí había alguien que había sido estafado, o ella, que era capaz de pagar un dineral por recuperar un objeto que le recordara su pasado, que tendría idealizado, como casi todos los escritores, o a lo mejor la estafada era yo, que no había sabido ver nada bueno en el mío, en mi propio pasado, y era capaz de desprenderme de cualquier recuerdo sentimental, como si los recuerdos estuvieran infectados de unos años de los que yo huía como de la peste.

Para Milagros los objetos tienen vida, le dan pena las cosas que encuentra tiradas, como si las cosas tuvieran sentimientos y pudieran sentirse desgraciadas por el desprecio humano. Yo la veía hurgar en la basura desde la otra acera, a veces intervenía, pero otras, ¿Qué?, me decía a mí misma, ¿no puedes dejar a la gente vivir en paz, con sus manías, con sus neurosis, es que no tienes tú las tuyas?, y procuraba que me resbalara y no intervenir, pero claro, cuando oía a las brujas hablar entre risas de las tonterías que Milagros dejaba en el patio (ya le había prohibido Sanchís que las pasara dentro del vestuario, por las infecciones) y que enseñaba sin pudor a cualquiera como si hubiera encontrado un tesoro, yo me tenía que callar, porque no me salían argumentos para defenderla.

Ya sé que cuando el tiempo pasa le añadimos a las cosas que dijimos o a las sensaciones que tuvimos un significado que, en muchos casos, no tuvieron, pero yo estoy casi segura, sí, estoy segura, porque puedo vivirlo claramente de nuevo si cierro los ojos, de que aquella mañana, aquella mañana fresca de la primavera que acabábamos de estrenar, bajé a la calle con una sensación nueva de felicidad, como si estuviera al fin reconciliándome con mi vida, con el salón de mi casa, en donde acababa de tomarme el café con leche mirando los estores japoneses, e incluso sonreí a Milagros, la sonreí porque no pude evitarlo, como hacía otras veces, evitar la sonrisa, y bajamos como siempre la cuesta, las dos en silencio los primeros cien metros y luego ella hablando, contándome no sé qué teoría de

Menchu, ya sé, que Menchu decía ahora que los últimos estudios sobre sexualidad femenina defendían que las mujeres eran capaces de tener experiencias lésbicas sin que eso les supusiera ningún trastorno a nivel emocional porque la mujer, decía Menchu que decían los últimos estudios, estaba preparada para eso y para más. Y Milagros me preguntaba mi opinión, me preguntaba que si yo creía, como creía todo el mundo, que Menchu era en realidad bollera, y yo, que quería borrar de mi memoria y justificar la noche que pasé con Milagros, le dije que probablemente era más bollera la tía que estaba deseando acostarse con tías y que no se atrevía, que la tía que lo había hecho porque se había visto empujada por las circunstancias; pero al margen de la conversación en la que Milagros me enredaba más de lo que yo quisiera, sentía la alegría, la subida de ánimo que te da la llegada del buen tiempo.

Tomamos un café, ya vestidas con el uniforme en el Mauri, que abre cuando llegamos nosotros, a las cinco de la mañana ya está levantando el cierre. Morsa estaba apoyado en la barra, mojando un sobao. Nos vio llegar y me guiñó un ojo, aunque sabía que me fastidiaba, o a lo mejor lo hacía precisamente por eso. Le preguntó a Milagros que qué tal había dormido y luego me dijo a mí, con la sonrisa ladeada con la que él quería mostrar su ironía, que se me notaba que había dormido poco, y me dijo, qué habrás estado haciendo, Rosario.

Bobadas que me fastidiaban el desayuno. Acabé el café y me llevé un donut para comérmelo luego. No hay nada mejor que un donut una hora después de haberte tomado sólo un café bebido, cuando ya te cruje el estómago de hambre. Me recuerda al donut del recreo (este detalle le encantaría a la escritora del platillo de la comunión). Por aquel entonces ya no íbamos en parejas por la misma acera. Hacíamos el trabajo en solitario, salvo que nos tocara hacer parques, entonces sí, entonces nos dejaban ir en compañía, porque era más peligroso, más solitarios, y porque los parques son más trabajosos. El parque del Matadero es maravilloso. Me encantan esos jardines tan cuadriculados rodeando esa especie de invernaderos gigantes. La verdad es que mejor sería que no tuvieran al lado la M-30, pero a la distancia por la que yo limpiaba el ruido de los coches de la autopista no era más molesto que el de las olas del mar. Realmente era una suerte que me hubiera tocado con Milagros porque las tonterías incesantes que salían de su boca eran más inocentonas y menos arrogantes que las que hubiera tenido que escuchar, por ejemplo, de Menchu o de Teté. Es verdad que en la sensación de felicidad intervenían la buena temperatura y el que a mí se me había olvidado que era viernes por la mañana, el peor día de la semana para un barrendero.

El jueves por la noche todos esos niñatos gilipollas que no han recogido un papel del suelo en su vida salen a los parques a beber hasta caerse muertos. También están los viernes y los sábados. Pero la noche del jueves es la peor, es la noche en que parece que tienen que vengarse del mundo por haberlos tenido atados a sus institutos y a sus universidades, pero quien más sufre esa venganza, quien más la sufría en ese parque del Matadero que yo disfrutaba de lunes a miércoles, éramos nosotras, Milagros y yo, que les limpiábamos la mierda que habían dejado sin consideración, como si tuvieran derecho a tener esclavas, quien más sufría esa venganza era yo, porque Milagros lo veía natural, trabajaba sin rencor, como si limpiar aquello formara parte del círculo natural de la vida: unos ensucian, otros van detrás limpiándolo. Y qué.

—Rosario —dijo mientras nos acercábamos—, ¿sabes que hoy es viernes?

—Ay, no, no me acordaba.

—Sabes para qué te lo digo.

—¿Para qué?

—Para que no la tomes conmigo, que yo no tengo la culpa.

CAPÍTULO 9

—A lo mejor si te comes el donut se te pasa.

—Que no, te digo.

—Pues entonces me lo como yo.

—A mi lado, ni se te ocurra, eso que se te quite de la cabeza.

Se levantó, sin molestarse, ajena al tono de mis palabras, empujó de su carro y se fue comiendo el donut mientras caminaba hacia detrás de los arbustos y se metía en el jardincillo acotado de hierba, allá donde se acumulaban las botellas de cristal y de plástico desperdigadas, los envases en los que los chavales habían hecho la mezcla de las distintas bebidas, las bolsas de palomitas, de cortezas, de patatas, y sobre todo los vómitos, los vómitos que me habían levantado el estómago y provocaban unas náuseas que me habían obligado a sentarme. Vomita, me había dicho Milagros, te quedarás mejor, y, al fin y al cabo, un vómito más, un vómito menos, no se iba a notar.

—Dime, Milagros —le grité—. ¿Cómo puedes comer, dime, cómo puedes comer en este ambiente?

Me saqué del bolsillo un cigarro. Tengo siempre un paquete en el bolsillo del uniforme porque de vez en cuando me dan ganas de fumarme uno a media mañana y no me gusta depender de las invitaciones. Existen los gorrones del cigarrito. No es mi caso.

Sentí cómo el humo me raspó a fondo los pulmones como una lija, pero me quitó las náuseas. Eso es algo que tengo comprobado. Todos los viernes de madrugada me pasa.

—¿Sabes lo que te digo, Milagros? —le dije sin verla, la imaginaba engullendo el donut a dos carrillos y recogiendo vidrios—, que todos estos hijos de puta estarán ahora en la cama, que se van a levantar a la una de la tarde, y que encima ahí estará su madre con el desayuno preparado, tomarán su leche con cereales a la hora de la comida, porque éstos son de los que desayunan leche con cereales, y tú y yo, aquí, Milagros, siete horas antes, recogiéndoles la mierda... ¿Qué te parece el panorama?

—Envidia que les tienes.

—¿Envidia yo? Qué poco me conoces, Milagros.

—Envidia de su juventud, de que se habrán puesto ciegos a beber y a meterse mano.

Envidia de su juventud, decía. Qué sabría Milagros de eso. ¿Envidia de beber hasta caer muerto, de follar en un parque, de tener que pedir dinero en casa? Quién quiere eso. Sólo los gilipollas quieren quedarse en esa fase de la vida. Los del síndrome de Peter Pan. Morsa se independizó el año pasado, ¡el año pasado!, y aún le lleva la ropa a su madre a lavar los fines de semana. La ropa sucia va en una bolsa en el maletero del coche desde Fuenlabrada a Usera todos los sábados. Morsa, le dije, eres capaz de pasear los calzoncillos sucios por la M-40 y por la M-30, sólo la imagen, le dije, me pone enferma. Y él me dijo que lo hacía por su madre. Yo le dije, eres tú, que tienes el síndrome de Peter Pan. Y me dijo, qué síndrome es ése. Qué síndrome es ése, me dijo. Con Morsa tengo limitados mis temas de conversación porque hay cantidad de cosas que le tienes que explicar desde el principio. Si se esforzara un poco no sería tan zote. En cuanto a Milagros, es natural que ella sintiera envidia de la vida juvenil, ella era una adulta a su pesar. Pero yo, qué envidia podía sentir yo, qué bobada, recuerdo que pensé.

Recuerdo el placer de ver el humo saliendo de mi boca en círculos, recuerdo la humedad de la noche que se terminaba y cubría las cosas con un manto de cristal, recuerdo el azul marino convirtiéndose poco a poco en añil. Recuerdo escuchar a Milagros a mis espaldas cantando *A mi manera*, partes en español y partes en un inglés inventado:

«Bebí, lo disfruté, y me drogué, a cada instante / gasté, un dineral, en invitar a bogavantes / al fin, ya me ven, sólo llegué a ser barrendera / y qué, si me lo fundí: a mi manera. *I did it my way...*».

Recuerdo que me dio la risa. Escuchaba las rimas absurdas que hacía Milagros detrás de los setos, era una de sus costumbres, cuando quería hacerme reír muy a mi pesar, cuando estaba borracha, cuando conducía el taxi. Recuerdo haber pronunciado las siguientes palabras mirando uno de los anillos del humo que se perdían por encima de mi cabeza:

—Qué bonito es el mundo, qué bonito.

Y recuerdo escuchar mis palabras sin encontrarles un sentido, como si hubiera sido otra quien las hubiera pronunciado por mí.

—¿No te gustaría drogarte como ellos los viernes por la noche, sosa, más que sosa? —me preguntó.

—No tengo dinero yo para gastármelo en drogas.

—No hace falta dinero, te invitan.

—Quién te invita.

—La gente.

—Pues a mí la gente no me ha invitado.

—Porque te ven la cara de sosa. Yo bien que te invitaba, acuérdate, te invitaba a los canutitos, y anda que no te gustaba, anda que no disfrutabas tú de tu petardito por las mañanas, que yo te decía, pásamelo, pásamelo, Rosario, y tú ni puto caso, parecía que lo tenías pegado a los dedos con Superglú.

—Ni me lo recuerdes. Ahí empezó mi ruina.

—Pues bien bonito que es para mí ese recuerdo. En cuanto me aprueben el teórico vuelvo al taxi —dijo con ese tono de aplomo que ponía cuando hablaba de sus planes de futuro, como si te estuviera haciendo partícipe de decisiones muy meditadas.

—¿Ah sí? No me lo habías dicho.

—Porque lo acabo de pensar ahora mismo. En el taxi no se pasa frío. —Pasó un rato sin decir nada, un rato en el que estuvo sopesando los pros y los contras—. Te salen almorranas, eso sí, pero no pasas frío.

—Hemorroides.

—Lo que tú digas, prima. A mi tío le tuvieron que operar de las almorranas y lo pasó muy mal, pero que muy mal en el posoperatorio.

—Ay, Milagros, no me cuentes más cosas de tu tío que me da mucho asco. A saber por qué coño me tengo que enterar de los detalles más desagradables de tu tío.

Sólo una cosa, sólo una: yo creo que se ha liado con la ecuatoriana.

—¿Por qué lo sabes?

—Porque le vi una caja de condones en el cajón de la mesilla de noche, y luego, no sé, me pareció que a la ecuatoriana se la ve más contenta. Se ve que habrán llegado a un acuerdo.

—¿Y por qué le mirabas tú a tu tío en el cajón de la mesilla?

—Yo qué sé, por gusto. Pasé por allí de camino al servicio y voy y me digo, a ver qué tiene éste en la mesilla, y eso le vi, la caja de condones abierta.

—Anda que te iba a dejar yo que zascandilearas tú sola por mi casa.

—Eh, eh, cuidadito, que yo en tu casa nunca he fisgado nada, yo a ti te tengo mucho respeto. No te compares con mi tío Cosme.

—Aggg, qué asco, Milagros, una jeringuilla. —Ahí estaba, al lado de mis botas chirucas—. Qué gente más marrana.

—De eso no le eches la culpa a la juventud, Rosario, que la juventud hoy en día ya no se pincha, gracias a Dios. Ahora todo se lo meten por la boca.

Al lado de la jeringuilla había un vaso de plástico y más allá una litrona.

—El más pequeño de la casa bebe y toma pastillas, el papá se pica y el abuelo se emborracha. ¿Qué te parece, Milagros? Estoy hecha una antropóloga —me daba la risa al decirlo—, la basurera antropóloga. ¡Milagros! ¿Oyes lo que te digo? La antropóloga de la basura.

Pero Milagros no me contestó, estaba inmersa en su ocupación favorita, en su vicio. En vez de dejarla, como me había propuesto tantas veces y como debería haber hecho, me levanté como si tuviera un resorte en el culo y salí corriendo, saltando la pequeña valla que protegía el césped, con la agilidad repentina que me entra cuando noto que me sube la rabia a las venas del cuello.

—Pero, ¿se puede saber qué haces?

Milagros tenía en la mano una parrilla, una parrilla negra, sin brillo y rugosa. Una parrilla que había cumplido su misión, a la vista estaba, durante muchos años. No sé por qué agarré la parrilla por el otro extremo, lo hice con decisión, pensando que de un solo tirón se la arrancaría de las manos, pero no, Milagros tenía mucha más fuerza que yo y nos quedamos las dos, absurdamente, agarradas cada una de un lado de aquel artilugio, como si nos estuviéramos peleando por una ganga en el primer día de las rebajas.

—Suelta de ahí —me dijo—, quiero llevarme esta parrilla.

—Ya sé que quieres llevarte esta parrilla, pero no te vas a llevar esta parrilla.

Entonces ella, que no hubiera sido capaz de hacerme daño en una situación normal, tiró de la parrilla con tanta furia que me la arrancó de las manos. Noté un fuerte dolor en el dedo corazón, como si me lo hubiera roto.

—Idiota, bestia, que eres una burra, una burra y una loca.

—Si digo que me la llevo, me la llevo. —Y lanzó la parrilla sin más al carro de la basura, como dando el asunto por concluido. La parrilla hizo tal ruido al caer al fondo del cubo que las dos nos pegamos un susto.

—A ver si lo entiendes, Milagros, este carro es para que vayas echando la basura. ¡No es el carrito del Pryca, no es el carro de la compra!

—Me hace falta una parrilla.

—...

—¿Qué te pasa, te has hecho daño?

—No, no, yo no me he hecho daño: me has hecho daño. Mira, tengo un raspón, ay, cómo me duele, en el mejor de los casos me habrás roto el dedo, en el peor, a lo mejor me da el tétanos.

—Si quieres te acompaño a que te pongan la vacuna.

—Vale, me acompañas, pero si antes dejas la parrilla.

—No, la parrilla no la dejo.

—Pues entonces nada, no vamos, eso sí, si me da el tétanos y me muero que caiga ese crimen sobre tu conciencia.

—Hija, cómo eres.

—¿Tú es que no te das cuenta, perturbada, de que esa parrilla la ha podido haber estado mordisqueando una rata?

—Qué imaginación. ¿Y tú no te das cuenta de que hoy en día la gente tira las cosas por tirar en nuestra sociedad? Y qué si yo lo aprovecho, con la cantidad de gente en el mundo que pasa necesidad. Y qué si a mí me gustan las cosas que la gente tira. Mira el despertador que me llevé el otro día.

—Pero eres boba, lo tiraron porque la alarma

suena a las horas y a las medias. No hay corazón que resista eso.

—Peor era el de tu casa y a mí no me molesta.

—Pues a mí me hizo la vida imposible.

—Porque tú eres muy delicada.

—Hala, muy bien, llévate la parrilla, pero no se te ocurra nunca, oye lo que te digo, invitarme a comer una chuletada en tu casa.

—Anda que será que vienes tú mucho a mi casa.

—Y menos que voy a ir.

—Las amigas van a casa de las amigas y las amigas se devuelven las visitas.

—Pero para qué voy a ir a tu casa, si tú te pasas la vida en la mía.

—Lo dices como si fuera una pesada, pero bien que me pedías que fuera porque te daba miedo de las apariciones. —Se me quedó mirando un momento—. Ahora ya casi no me dices que te acompañe por las noches, se ve que por las noches guardas un secreto.

—Qué secreto voy a tener, ya quisiera yo tener secretos. Anda, sigue rebuscando por ahí, guapa, a ver si encuentras ahora un mortero para machacar el ajo.

—No te hagas la irónica conmigo.

—¿Yo? De ironías nada. Yo las cosas te las digo a la cara, porque eres mi amiga, y te quiero con todo lo malo que tú tienes, ¿es que no te suenan los oídos? Es que no sabes que los compañeros comentan lo tuyo con la basura, que dicen que tu casa debe ser como el vertedero.

—También dicen de ti que eres una reprimida y a mí qué, yo como quien oye llover.

—Que te he dicho mil veces que no me cuentes lo que dice la gente, que a mí lo que diga la gente me la suda. —Me fui para el banco, más que andando dando patadas al suelo, con una especie de niebla en los ojos.

—Pues ya ves, igual que a mí.

Ella volvió a la tarea y yo a sentarme, llena de un rencor general, pero buscando una persona en concreto para ponerle cara.

—Es que es muy fuerte eso que me has dicho —me saqué otro pitillo, ahora por ansiedad—, eso de que soy una reprimida. ¿En qué quedamos, soy lesbiana, reprimida o ninfómana?

—Ya los conoces, depende del día.

—Quieres hacerme sufrir. Te gusta hacerme sufrir.

—Oye, ¿no acabas de decir que te la suda? Pues que te la sude de verdad, no de boquilla, que te la sude como me la suda a mí. Esas cosas las dicen porque nos tienen envidia.

—A nosotras...

—Sí, envidia, de que somos solteras y tenemos un piso para nosotras solas, y nos podemos echar todo el sueldo en nosotras, en nuestros caprichos, sin pensar ni en un marido ni en el niño ni en el canguro del niño ni en na.

La oí entonces alejarse. Volvió a cantar, con esa facilidad que tenía para recuperarse de la mala sangre de las discusiones. «Viví, me tropecé, me levanté a cada instante / amé, también follé, que para mí es muy importante... *I did it my way.*»

Pero esta vez no dio resultado, ya no me hizo gracia. Recuerdo que dije en voz alta:

—No la soporto, de verdad, es superior a mis fuerzas, no puedo con ella, no me preguntes por qué, pero no puedo.

Hablaba para un público inexistente, como los actores cuando hacen que hablan solos mirando al patio de butacas. Me molestaba muchísimo ese tonito de superioridad que adoptaba para decirme que a ella no le importaban los comentarios, en realidad, lo que me fastidiaba íntimamente es que al menos en eso sí que era superior a mí, porque mi debilidad siempre ha sido el juicio ajeno. Si no fuese por mi dependencia del juicio ajeno puede que yo hubiera sido una persona mucho más feliz, por eso y por la hiperactividad mental, como he apuntado antes.

Hubo un momento de paz, de calma. Milagros dejó de cantar. El último azul de la noche convertía todo aquello, las naves del Antiguo Matadero, la luz de las farolas, los setos, en un decorado, en un escenario de cartón. Fue un momento en el que yo pensé que si quisiera, hoy no trabajaría, si quisiera no me levantaría del banco y la dejaría a ella que lo recogiera todo, sólo tendría que estar pendiente para levantarme cuando se aproximara el camión a vaciar los cubos, pero nada más. Si quisiera, ella trabajaría para mí, si yo fuera lista y supiera sacarle provecho a su sumisión, al poder que puedo ejercer sobre ella, si dejaran de importarme los comentarios sobre nuestra relación y la dejara que viniera conmigo siempre, sin ponerle límite, al contrario, llevándola detrás para mi disfrute, entonces la tendría como criada, me haría la compra, me limpiaría la casa. Yo sería como una diva, o como una millonaria, como una rica caprichosa, y ella mi acompañante, ¿no es lo que ella parece que está siempre buscando, no sería su esclavitud lo que la haría más feliz? Si quisiera me limpiaría el parque esta mañana. Me lo limpiaría todos los días. Si quisiera sería yo quien le administrara el sueldo. A cambio sólo tendría que dejarla estar a mi lado, como a un perro. Ella quiere ser perro.

Recuerdo haberme esforzado en borrar esa idea de mi mente. Era lo que yo llamo una idea negra. Las ideas negras no hay que desarrollarlas porque se fijan en el cerebro y de ahí ya no hay quien las saque. Las ideas negras hay que detectarlas enseguida, como si fueran cánceres, y cortarlas de raíz. Yo siempre he tenido ideas negras, desde niña, desde cuando me dio por pensar, por ejemplo, que cualquier mañana me levantaría, iría al baño a hacer pis y al limpiarme con el papel higiénico me daría cuenta de que me estaba creciendo pene. Fue una tontería que leí en un libro de información sexual (para que luego digan que la información sexual es necesaria para los niños; yo digo, según y cómo) en el que se informaba de algunos casos extraños de la naturaleza humana, como el de esos niños que nacen con el sexo tan diminuto que hasta que no les llega el desarrollo adolescente se les toma por niñas, y de las consecuencias psíquicas que provoca en el niño-niña ese desgraciado error. Y como yo crecí con el convencimiento de que era portadora de alguna anormalidad, de que era rara o diferente, y como no sabía en qué consistía esa rareza, me identificaba con cualquier fenómeno extraño que leía o que me contaban y sufría muchísimo. Estuve horrorizada con la idea de que algún día se descubriera que en realidad era un niño y me tocaba y me tocaba cada mañana a ver si mi montañita había crecido, y claro, a veces crecía del mismo roce. Igual que cuando se me instaló en el cerebro la idea de que estaba endemoniada, ese temor me vino leyendo *El exorcista*, y puedo asegurar que llegué a sentir cómo se me movía la cama, cómo se levantaba un poco del suelo, me mantenía en el aire unos segundos y luego volvía a su sitio. No podía compartir esos terrores con nadie. Lo lógico habría sido poder confesárselos a mi hermana, pero Palmi siempre fue una histérica, desde niña, y si le hubiera confesado mis temores (fundamentados) de estar endemoniada, habría salido chillando de la habitación, llamando a mi madre, como aquel día en que ella estaba con fiebre y me dijo que le contara un cuento, porque yo siempre tuve facilidad, y siempre le conté cuentos y películas para que se durmiera, y entonces le dije que mientras era casi imposible que Dios, el Dios padre, se nos apareciera, no había que descartar que Jesucristo alguna vez se sentara en nuestra cama y se quedara observando nuestro sueño con una dulzura infinita, sólo por el gusto de ver el sueño de los inocentes. Era una imagen que yo había visto en una película que nos pusieron en la catequesis y que me había impresionado muchísimo: Jesucristo sentado en la cama del niño enfermo. Palmi se puso a llorar y vino mi madre y me dijo, siempre tienes que andar metiéndole a la pobre las ideas negras que tú tienes en la cabeza (de ahí la expresión «ideas negras»). Menos mal que no le conté que el niño al final moría y que Jesucristo sólo estaba ahí para hacer más dulce su final, porque entonces no sé cómo se hubiera puesto. Luego me acuerdo que me desvelé pensando en la visita de Cristo, pero no me atrevía a abrir los ojos porque si lo veía eso querría decir que Palmi iba a morir, y luego me desveló las noches siguientes una idea que me torturaba aún más: realmente, con la mano en el corazón, ¿quería o no quería que Cristo se sentara en la cama de mi hermana y se la llevara para siempre y me quedara yo sola, yo sola para mi madre, yo sola con el cuarto, yo sola sin sus chivateos, sin sus sobreactuaciones, y sin su insoportable colección de barbies?, ¿era yo tan mala para desear la muerte de una hermana, la deseaba de verdad, era yo un monstruo? Y a esa idea negra, torturante, podían sumarse las otras y hacer que todas las ideas negras bailaran en mi cabeza: ¿era yo ese monstruo poseído por Satán, con un pene diminuto, que deseaba la muerte de su hermana?

Luego, de pronto, esas ideas desaparecían y me dejaban vivir tranquila durante un tiempo pero cuando me hacía víctima de su presencia y se metían y colonizaban mis pensamientos, ay, qué triste me ponía. Mi madre comentaba, delante de mí, a alguna de sus amigas: no sé qué le pasa, no lo sé, se pone rara, se pone mohína, no habla, mírala, hablo y mira al suelo, qué actitud es ésa, qué puedo hacer yo, si tuviera un padre seguro que no le montaba este número, pero a mí sí, a mí me puede, sabe que soy débil, por eso lo hace.

Yo sola tuve que hacer frente a las ideas negras. Cuando se lo conté al psiquiatra me dijo que todos los niños padecen en mayor o menor medida esos miedos. Y ahora, le dije, qué es lo que puedo hacer ahora para borrar las ideas negras de mi cabeza. Y el individuo me dijo que las personas adultas debíamos tener la disciplina de pensar en otra cosa. Menos mal que el psiquiatra es del seguro, que si fuera privado me sentiría completamente estafada. Me dijo (es insistente) que si nunca había considerado la posibilidad de que las apariciones de mi madre fueran «ideas negras». Y cambié de tema porque eso de que un tipo por el simple hecho de estar al otro lado de la mesa de un consultorio se crea en posesión de la verdad y te tome por gilipollas me saca de quicio literalmente. Lo que no quita para que me haya esforzado en seguir ese consejo tan simple que me dio de intentar borrar la idea negra en el primer momento en que se presenta y ocupar el cerebro inmediatamente con otro pensamiento. Es un consejo tan simple que me lo podría haber dado hasta el mismo Morsa, pero yo lo sigo desde entonces, para volver luego a la consulta con los deberes hechos. Que no se diga. El caso es que cuando esa mañana me puse a considerar la posibilidad de convertir a Milagros en mi esclava y sacarle el mayor provecho posible, me sentí un poco repugnante, inhumana, y decidí no insistir en eso, mandar ese pensamiento al archivo de los pensamientos proscritos.

Recuerdo que pensé: ¿Qué ha pasado esta mañana? Esta mañana cuando bajábamos la cuesta me sentía casi feliz, estaba tan contenta, ¿qué es lo que se ha torcido, entonces?, ¿qué tipo de carácter tengo tan atravesado que no puedo acordarme ni de por qué he empezado a estar furiosa?

Recuerdo la primera vez que Milagros me llamó. Su grito me sobresaltó, como si me hubieran sacado de un sueño. Precisamente por el hecho de estar pensando en ella me había olvidado por completo de su presencia.

—¡Rosario, ven!

—¿Es el mortero, ya tienes el mortero? —le dije yo, todavía con el hacha de guerra levantada y arrepentida, mientras lo decía, por no saber ponerles fin a las discusiones—. Anda, ya, déjame vivir, rata, más que rata.

—¡Rosario, te digo que vengas, por favor te lo pido! —Su voz se le quebró al final de la frase, parecía que la boca se le hubiera secado. Su voz no sonó igual que siempre, no era festiva, ni socarrona, ni infantil. Su voz sonó dramática.

—¡Ven, por favor, mira esto! —Me levanté y me di la vuelta. Milagros estaba asomada, casi volcada hacia el interior del contenedor. La farola daba una luz muy pobre, así que sólo podía distinguir sus dos piernas colgando. Recuerdo que me levanté y fui casi corriendo, sabiendo ya que algo pasaba, bajé la cuesta de césped, me resbalé y bajé sentada de culo, como por un tobogán, hasta donde estaba ella.

—Rosario, mira —dijo ahora como en un susurro—, mira, esto.

Para verlo yo también tuve que dar un salto y apoyar el vientre en el borde del contenedor y quedarme con las piernas en el aire como estaba ella. Los ojos tuvieron que acostumbrárseme a la oscuridad del fondo, y poco a poco fui entendiendo, también mis oídos percibieron el débil maullido que se oía detrás de nuestras respiraciones que eran fuertes, entrecortadas, por el susto, y por tener el estómago oprimido.

—¿Es un gato? —pregunté sabiendo ya que no era un gato.

—No es un gato, es un niño.

Las dos, sin saber muy bien por qué, hablábamos en voz baja.

—Y parece que está vivo, Milagros, ay, Dios mío.

—Yo entro y te lo doy a ti.

—Ten cuidado, ¿ves bien dónde está?, no vayas a pisarlo.

—Claro que lo veo. —Milagros levantó las piernas porque ella era una de esas gordas sorprendentemente ágiles y cayó de pie en el fondo. Sonó el crujido de los cristales aplastados por sus botas.

—Está debajo de ese cartón, creo.

—Si ya lo veo, lo he visto desde el primer momento. Mira, lo han metido dentro de una caja, lo que veías tú era la tapa.

Milagros levantó la caja, la puso en el borde y me la dio. Yo la tomé en mis brazos y la llevé debajo de la farola, tenía miedo de que se me cayera, tenía miedo, mucho miedo.

—¿Quién te ha dejado ahí a ti, angelito, quién te ha dejado? —le decía al niño y me temblaba la voz—. Podrías haber muerto de no haber sido por nosotras.

—Por mí —dijo Milagros, saliendo del contenedor—, yo he sido quien lo ha encontrado.

Los ojos grises del niño se abrieron con la luz. Los tenía perdidos y grises, como todos los recién nacidos, y era moreno, muy moreno, con un vello que le cubría gran parte de la frente. Estaba completamente envuelto en una manta, sólo se le veía la cabeza.

—Es guapo, ¿verdad, Rosario?

—Sí que lo es. —Le puse la mano en el pecho. Su pequeño corazón latía muy deprisa. Latía debajo de la palma de mi mano y me entraron ganas de llorar.

—Trae —dijo Milagros, arrebatándome la caja—, me lo llevo.

—¿Que te lo llevas, a dónde?

—A casa.

—Pero, qué dices, loca, más que loca, donde tenemos que llevarlo ahora mismo es al hospital.

—No, no, me lo llevo yo a casa, yo me lo he encontrado, yo me lo llevo. —Milagros echó a andar, decidida, sin pararse cuando me hablaba, subiendo la cuesta. Y yo detrás.

—¿Ah, sí, y qué le vas a decir a la gente?

—A la gente le diré que es mío, porque es mío.

—¿Ah, sí, tuyo, y cómo explicas lo del embarazo?

—De algo tenía que servirme estar gorda. Mañana digo que estoy embarazada, y dentro de cuatro meses digo que ya lo he tenido.

—¿Y piensas que la gente va a ver a un niño de cuatro meses y se van a tragar eso de que es un recién nacido? Si los niños de cuatro meses hoy en día ya tienen dientes.

—A mí me la suda lo que piense la gente, es mío. Dios lo ha puesto en mi camino. Yo lo he descubierto entre la basura, como si me lo hubieran iluminado a propósito, tú en cambio no lo veías, pero yo sí. Rosario, he venido hasta aquí como hipnotizada, como si una fuerza superior me estuviera llamando. Yo nunca vengo hasta aquí, Rosario, ¿qué se me había perdido a mí en este contenedor? Hay cosas en la vida que están más allá de nuestro entendimiento y ésta es una de ellas. Lo he visto porque parecía una bola de luz en el fondo de los escombros, quién me ha hecho ver en la oscuridad, ha sido Dios el que ha preparado todo esto, Rosario.

—Pero, qué coño hablas de Dios, ¿desde cuándo crees tú en Dios?

—Desde la semana pasada, desde que encontré el Cristo fosforescente. Por la noche me ilumina la mesita y yo le pido cosas y todas me las concede: un reloj, una parrilla, un niño. Le había pedido un niño, que lo sepas.

—Ay, ay, ay —dije llevándome las manos a la boca—, tú no estás bien de la cabeza, Milagros, yo siempre lo he sabido, no estás bien de la cabeza.

—¿Y tú, tú sí que estás bien de la cabeza, tú ves visiones y todo el mundo ha de creerte, verdad, la tonta de Milagros ha de creerte, y yo encuentro un hijo y me lo niegas?, ¿por qué tú sí y yo no? Y esto sí que no son imaginaciones mías, porque lo de tu madre puede ser o puede no ser, pero el hijo existe, el hijo está aquí.

—Pero qué hijo, ¿de qué hijo estás hablando tú, descerebrada?

Me puse delante de ella para cortarle el paso, le puse las manos en los brazos, controlando mi enfado porque la caja con el niño estaba entre nosotras. El niño seguía con los ojos abiertos, mirando a la nada, a veces se le oía maullar.

—Pero cómo vas a apropiarte tú de una criatura que te has encontrado en la calle. Eso es un delito, si te pillan te meterán en la cárcel y a mí también, por cómplice. Y sólo me falta ir a la cárcel por tu culpa, sólo me falta eso.

—¿Qué quieres, que lo llevemos al hospital, y lo manden a un orfanato al pobre, y pase meses o años de mano en mano y no tenga una madre? ¿Eso es lo que quieres, que no tenga una madre?

—Tú no estás bien de la cabeza para hacerte cargo de él, tú eres una loca.

—No es verdad, mira qué bien tengo a Lucas, mira cómo lo saqué adelante. Igual me lo encontré, muerto de frío y de hambre, despeluchado.

—¡Pero Lucas es un gato, Milagros, no es un niño! Tú no te das cuenta de que no serías una buena madre, que bastante tienes contigo misma.

—¿Y si me quedara embarazada, Rosario, entonces sí que sería una buena madre o entonces me convencerías para que abortara?

—No es lo mismo.

—¡No es lo mismo! —decía gritando, como el niño al que está a punto de darle una rabieta, como el niño que está a punto de tirarse al suelo. A mí me daba miedo que en una de ésas lo hiciera y cayera sobre la caja.

—Muy bien, hazlo, si es lo que quieres, quédate embarazada, serás madre, y yo te ayudaré, te lo juro, pero a ese niño lo vamos a llevar ahora mismo a urgencias, antes de que se nos muera por el camino.

—¡No, no puedo, no puedo ser madre! ¡No lo entiendes, no puedo ser madre! Por eso le pedí al Cristo que se hiciera el milagro. Yo nunca podré ser madre. No tengo la regla.

—¿No tienes la regla?

Milagros negó con la cabeza.

—¿No has tenido nunca la regla?

—No, no, por eso le pedí el niño.

Nos quedamos paradas, la una frente a la otra, sentí que no conocía a la mujer que tenía delante, o mejor dicho, que estaba empezando a conocerla.

—Luego hablaremos de eso —le dije con la dulzura con la que se habla a los locos—, pero ahora vamos, Milagros, dejamos aquí todo, date prisa, voy a llamar a Sanchís a que vengan a buscarnos.

Eché a andar, marcando el número en el móvil. Me interrumpió un alarido de Milagros.

—¡No tienes corazón, Rosario, eso es lo que dice todo el mundo de ti, que no tienes corazón, que estás sola y que te quedarás sola, que eres una amargada!

Me volví. Milagros hablaba entre sollozos, le caían las lágrimas, le caían los mocos, tenía la cara roja, congestionada, hablaba como podía, sacudida por el llanto, sin apartar la caja de cartón de su pecho:

—Dices que no sabría cuidar a un niño, pero cómo te atreves, eh, cómo te atreves, ¿es que no te cuidé yo cuando estuviste enferma, es que no me quedé yo toda la noche a tu lado y me levanté cada tres horas para darte el antibiótico, quién te hubiera dado el antibiótico si no hubiera estado yo ahí, y quién le cambió a tu madre los pañales, quién la amortajó para su tumba, cuando tu hermana y tú os cagabais de miedo en el pasillo, di, quién, quién te colgó los estores, quién se quedó a dormir contigo para que no tuvieras apariciones, quién, reconóceme un mérito, dime, cuántas amigas tienes, di, cuántas amigas harían lo que yo he hecho por ti?, ¿tu hermana?, ¿crees que tu hermana vendría si estuvieras enferma?, ¿es que la llamaste a ella cuando te vinieron las fiebres? No, me llamaste a mí, porque en el fondo sabes que yo daría mi vida por ti, que daría mi vida por cualquiera, porque en el fondo sabes que soy capaz de cualquier cosa que me proponga, de cualquier cosa, aunque siempre me hablas como si fuera imbécil, Rosario, pero no lo soy.

Me quedé parada, mareada, como si me hubieran dado un golpe en la nuca. De pronto, todo el peso de mi vida, de lo que yo había sido y era para los demás se puso sobre mis hombros, y sentí, ya sé que es absurdo, que no va con mi carácter, pero sentí que a lo mejor aquella loca tenía razón, y que por una vez la generosidad consistía en saltarse las normas y los miedos. Por qué no, por qué no iba a estar ella por una vez en lo cierto, por qué no confiar en que aquella criaturilla desgraciada estaría a su lado mejor que con nadie, por qué no concederle a Milagros el deseo, era verdad que le cuidaría igual que me cuidó a mí, eso era verdad, con una entrega casi religiosa, como cuidaba al gato, al que mimaba como si no fuera un gato, sino un niño. Me acerqué lentamente a su lado, recuperando todavía el equilibrio que sus palabras me habían hecho perder, y ella debió entender que me había convencido, que ya no avisaría a nadie, y dejó de presionar la caja contra su pecho para acercármela, como si quisiera compartir a la criatura conmigo. La miré, había cerrado los ojos.

—¿Tú nunca has querido ser madre, Rosario? —me dijo, secándose las lágrimas con la manga, con la cabeza sacudida aún por el llanto.

—¿Yo? —Se me puso una sonrisa vergonzosa, no sé por qué, seguramente porque no me había atrevido nunca a pensar en esa posibilidad—. No, madre, no, me hubiera gustado ser tía.

—Pero ya eres tía.

—Pero esos sobrinos no me sirven, son unos gilipollas. —Las dos mirábamos el sueño del niño, como hacía Jesucristo mirando el sueño de los niños inocentes—. Me hubiera gustado tener sobrinos que me quisieran, y me hubiera gustado ser la típica tía aventurera. La tía que desaparece durante todo un año y los niños preguntan, ¿dónde está la tía? ¡En Canadá! Y la tía vuelve del Canadá cargada de regalos. Eso me hubiera gustado ser. La tía Rosario.

—La tía Rosario —dijo ella, adivinando cómo me llamaría el niño cuando fuera grande.

—Lo criaremos entre las dos, Rosario, yo seré su madre, tú, su tía.

—Y padre qué, no tendrá padre.

—Mejor sin padre, que luego te separas y se lo tienes que dejar los fines de semana. Mejor sin padre. Lo llamaré Christopher. Por Christopher Reeve, el de Supermán. Christopher González. —Parecía que veía ya esas letras luminosas con las que anuncian a los artistas—. Christopher González, has sido elegido mejor alumno del año de toda tu promoción.

—No vayas tan deprisa, loca —dije—, ¿cómo sabes que es niño?

—Por la cara.

—La cara engaña, yo parecía un niño cuando nací. El mismo pelo cubriéndome la frente.

—Pues lo vemos ahora mismo.

—Pero qué dices, mujer, que se te puede morir de frío. Si te lo vas a llevar, llévatelo antes de que me arrepienta, antes de que me ponga a chillar y de que me dé cuenta de que tu locura se me contagia, se me ha contagiado siempre. —Eché a andar hacia mi carro—. No quiero saber nada, Milagros, no quiero ni ver cómo te vas. Yo no te he visto, entiendes, te has sentido mal y te has ido, y yo no sé nada.

—Gracias, Rosario, gracias. Tú di mañana que te he llamado, que me he puesto mala. Di que me dolía la barriga. ¿Te acordarás de que es la barriga lo que me duele?

—La barriga, sí.

—Borra lo que dije antes. ¿Podrás olvidarlo? Yo no pienso nada de lo que dije, hablaba de lo que piensan ellas. Ellas te critican porque te envidian, siempre te lo he dicho.

—Corta el rollo ese ya, y llévate a la criatura.

—¿Cómo me voy a casa?

—En un taxi, mujer, no te vas a ir en el autobús, qué cosas tienes.

—Es que no tengo dinero.

—Nunca llevas dinero, nunca. A ver si empezamos a cambiar. —Me saqué un billete de veinte euros de la cartera y se lo di—. Abrígale, cómprale leche enseguida, y escóndelo de alguna forma hasta que te metas al taxi, no te vaya a ver nadie por aquí con el crío en brazos.

—Sí, sí, eso hago.

Me volví. Recuerdo que Milagros le puso a aquella enorme caja de zapatos, ¿de botas?, la tapa de cartón. Recuerdo que se sacó una navaja del bolsillo y que el corazón me dio un vuelco al ver que apuntaba hacia la tapa. No me dio tiempo a reaccionar. Milagros fue hincando la punta y haciendo agujerillos en el cartón.

—Rosario —me dijo sonriendo—, ¿a que no sabes? Esto me trae recuerdos de mis gusanos de seda.

CAPÍTULO 10

Qué difícil es vivir cuando uno guarda un secreto que no puede contar a nadie. Qué difícil me fue hablar con la gente esa semana, compartir toda una jornada con Teté en el mismo parque del Antiguo Matadero en el que habíamos encontrado al niño, qué difícil hablar con ella de ese bobo de Sanchís, qué difícil inventar respuestas que le gustaran a sus falsas peticiones de consejos.

—Ay, ¿tú qué harías?, Sanchís me dice que me echa de menos, me sigue hasta casa, me lleva en el coche, me pone la mano aquí, me la pone acá, tú qué harías si estuvieras en mi lugar.

Y digo que era falso el que me rogara que yo le diera mi sincera opinión sobre el particular (aunque me duela, decía, aunque me duela) porque la gente, en un 99,9 por ciento, no te pide que le des el consejo que honradamente tú estás dispuesto a dar sino el que ellos están esperando. Lo que ella quería es que yo le dijera, sí, Teté, tienes que echarte en sus brazos, porque la vida es corta y el amor es el amor y es posible que él te quiera locamente pero la otra (su mujer) le presiona, la otra le presiona sin necesidad de montarle un número, la otra es una pasiva-agresiva. Yo sabía lo que me estaba pidiendo, sabía las frases que quería oírme pronunciar y así mismo se las iba diciendo, como si fuera leyéndole el cerebro. Yo estaba ahí, tan falsa como ella, entendiéndola, y ella, llorando.

Parece que este parque hace llorar a las mujeres, pensaba yo. Hacía que la escuchaba pero no, sólo repetía sus deseos, en realidad, mis pensamientos no podían escaparse de aquella noche: el bebé, Milagros, la caja de zapatos.

—Ay, Rosario —decía Teté interrumpiéndolos—, que ahora dice que se ha quedado embarazada, la muy cerda, lo ha hecho a propósito. Si apenas tienen relaciones, si en un mes le ha echado dos polvos mal echados, y porque el pobre se ve obligado, porque la oye dar vueltas y vueltas en la cama y suspirar, lo que tú dices, una agresiva-pasiva, y él es un buen hombre, y no quiere hacerla sufrir, y dice que si la echa un polvo, al menos consigue que ella se tranquilice y le deje en paz durante quince días, y él necesitaba paz, Rosario, necesitaba paz para tener la valentía necesaria para decirle que se va, que está enamorado de otra, pero él tiene miedo, tiene miedo de que ella malmeta a la niña contra él, ya sabes que hay mujeres que utilizan su poder con los hijos. Rosario, te lo cuento a ti porque eres la única que puede entenderme, porque sé que no vas a ir a nadie con el cuento y porque vas a entender que me esté acostando otra vez con él, bueno, acostando, lo que se dice acostar, acostar, casi no nos hemos acostado nunca, todo ha tenido que ser un poco deprisa y corriendo, ay, Rosario, las mujeres somos lo peor para las mujeres.

—Ten paciencia —le decía yo porque sabía que era lo que ella quería oír, leyendo línea por línea su pensamiento—, ten paciencia, tendrás que esperar a que nazca el niño, pero ten seguro que Sanchís te quiere.

—¿Me quiere, tú crees que me quiere? —decía entre sollozos.

—Pues claro, boba, no te va a querer, un hombre no te perseguiría de esa manera si no te quisiera.

—Gracias, Rosario, yo me fío de ti, porque sé que las otras, bueno, las otras..., me dirían lo que fuera, lo primero que se les pasara por la cabeza, pero tú siempre dices las cosas de corazón, aunque sean impopulares. Rosario, por eso confío en ti. Porque no te importa ser impopular.

—Y yo te lo agradezco.

—Y, tú, Rosario, ¿tú no confías en mí? —me preguntaba mirándome a los ojos con una dulzura que no había quien se lo creyera.

—Pues claro que sí —le decía yo.

—¿Y por qué no me cuentas nada? —me decía.

—Porque no tengo nada que contar.

—¿Nada, nada de nada? —me decía aún con lágrimas pero ya con la sonrisa.

—Nada. Mi vida es muy simple, Teté, te lo aseguro.

—¿No estás enrollada con alguien? —preguntaba.

—No.

—Dicen que sí, también decían que lo tuyo con Milagros era raro, pero yo no me lo he creído nunca, Rosario.

—Pues has hecho bien —le decía yo poniéndome a barrer para que no se me notara la rabia.

—¿No tienes algún rollo con alguien del trabajo? —insistía la pesada.

—El día que yo tenga algo de verdad serio con alguien, Teté, serás la primera en saberlo, eres mi amiga, ¿no? —le decía yo con el cepillo en la mano, interpretando el papel de alguien que confía en los seres humanos.

—Pues claro —decía ella—, ya lo sabes, hemos tenido nuestros más y nuestros menos, pero en el fondo siempre ha habido ahí un cariño latente.

Latente. Eso dijo. Será idiota. Teté es una de esas personas que en cuanto introducen en sus frases una palabra un poquito más complicada la cagan. Latente, dijo. Y yo ahí, con mi secreto, como quien se ha tragado un sapo. Ay, si tú supieras, bruja, pensaba yo, si supieras que hace sólo tres noches Milagros encontró un recién nacido y se lo llevó a casa y yo estoy aquí, sin hacer nada, haciendo como que me importa lo que me cuentas y sin saber cómo acabará la cosa, sin querer ir a su casa por no comprometerme, sin querer pensarlo siquiera para no sentirme como el culo, fingiendo que Milagros está de verdad enferma, pero no con la intención de ser cómplice de su mentira, sino por pura cobardía, intentando convencerme a mí misma de que aquí no ha pasado nada, de que yo no fui testigo de la última locura de la monstrua. Ay, si tú supieras, bruja, que no quiero pensar en eso porque me siento muy mala, muy mala persona.

Qué difícil fue durante esos días ir al despacho de Sanchís y hablarle vagamente de la salud de Milagros, dejar pasar el martes, el miércoles, y volver el jueves para decirle, hablé ayer con ella por teléfono y parece que ya va mejor. Qué difícil cuando Sanchís me dijo que qué pasaba con la baja, que si yo no podía hacerme cargo, que tal vez yo debería acercarme a su casa a por ella, o llamar a su tío Cosme para que fuera un momento con el taxi y se la trajera. Bueno, le dije, mejor que molestar al tío ya te la traigo yo. Qué difícil decirle una noche tras otra a Morsa que no tenía ganas de echar un polvo, pero que, por favor, que no se fuera, que se quedara conmigo porque quería que durmiéramos juntos. Como un matrimonio, decía él. No lo sé, Morsa, no lo sé todavía. Como amigos o como hermanos, como qué, decía. Ay, no sé, como qué, Morsa, sólo te pido que por unos días me dejes en paz. Qué difícil era para Morsa comprender eso. Me abrazaba, y yo se lo agradecía, pero el abrazo siempre acababa en la misma lucha absurda, primero ponía sus manos en mis hombros, luego empezaba a acariciarme el pecho, y yo tenía que cortar por lo sano, porque sabía que se estaba animando, no, no, Morsa, no sigas por ahí, ya sabes que no, te lo dije antes de que nos metiéramos en la cama y me prometiste que no lo intentarías; pero entonces, cuándo, decía él, y yo le decía, es sólo unos días malos que estoy pasando, pero esto se pasa, me conozco y sé que se pasa. Y él me decía, ¿y si me hago una paja?, y yo me enfadaba, y le decía, ni se te ocurra, grosero, entonces te echo a patadas de la cama. Yo sabía que era cruel pidiéndole compañía sin darle nada a cambio, porque Morsa me ha deseado siempre de una manera que yo no acabo de entender, tal vez porque yo nunca lo he deseado a él de la misma, y también porque me extraña que alguien me desee tan intensamente.

Es complicado convivir con un secreto. Por muy bruto que sea Morsa, a mí me hubiera aliviado contarle la verdadera razón por la que Milagros estaba faltando al trabajo. Puede que él me hubiera agarrado entonces del brazo, me hubiera montado en el coche y me hubiera obligado a ir a casa de Milagros. Estoy segura de que Morsa no hubiera permitido que el tiempo pasara sin actuar. Morsa no hubiera entendido mi actitud, ahora lo sé. No hubiera entendido que yo dejara marchar a Milagros con la criatura metida en una caja de zapatos y no me decidiera a llamarla, como así fue, hasta seis días después.

Qué hice, dejar que Milagros se perdiera en dirección opuesta a la mía a las cinco y media de la madrugada. La abandoné como quien deja que un niño se interne en un bosque. Allá tú, ésa fue mi actitud. Podía haberme negado a que se llevara al niño, eso es lo que hubiera hecho Morsa, por ejemplo, a lo mejor lo que hubiera hecho cualquier persona normal; podía haber peleado con ella hasta llegar a las manos si hubiera sido preciso, igual que me peleé por la mierda de la parrilla, podía haber dejado que llorara y que gritara todo cuanto quisiera, ya se le hubiera pasado, y entonces le hubiera arrebatado al niño de sus brazos y habría salido corriendo al hospital. Podía haber actuado de esa manera, y de hecho, hay veces que la escena se repite en mi cabeza y cambio el final e imagino que las cosas ocurrían como debían haber ocurrido, pero no, la dejé que se saliera con la suya, la dejé pero al mismo tiempo no quise ser su cómplice, no quise ir esa misma tarde a su casa para echarle una mano y comprarle comida y ser la tía Rosario. La tía de Christopher. Me lavé las manos, por decirlo claramente, me pudo la cobardía. Su manera de llorar aquella noche, tan desconsolada, tan infantil, me dio mucha pena, sí, pero no tanta pena como para arriesgarme y ayudarla con todas las consecuencias.

Actué esos días fingiendo que no pasaba nada. Esperé a que me llamara y no me llamó. La vida se me hacía rara sin su presencia, sin que me estuviera esperando cada mañana en el portal, sin que me llamara cada dos por tres por las cosas más absurdas. Y el secreto, a cada momento que pasaba, se iba haciendo más y más insoportable. El sapo estaba ahí, en la boca del estómago.

El jueves, seis días después del hallazgo, la llamé. Su voz me pareció algo mustia, o a lo mejor eso es algo que me parece ahora cuando lo recuerdo. Todos somos muy perspicaces a la hora de predecir el pasado, pero en el presente la mitad de las cosas pasan delante de nuestros ojos sin que nos demos cuenta de su verdadero sentido.

—Era un niño —me dijo—, ¿ves? Lo supe en cuanto lo vi, eso es algo que se nota en los ojos.

—¿Cómo te las apañas?

—Vaya, sin problemas.

—¿No te ha visto nadie?

—Aún no, no lo quiero sacar todavía a la calle. El veterinario me dijo que a Lucas no lo sacara hasta que pasaran dos meses bien cumplidos.

—Pero lo que tú tienes ahora es un niño, no es un gato.

—Ay, ya, eso ya me lo has dicho. Si llamas para echarme la bronca...

—En el trabajo me preguntan por ti.

—Bueno, ya veré cuándo vuelvo.

—Tendrás que volver... o pedir la baja. Me ha dicho Sanchís que vaya por ella a tu casa. Es que si no decía que iba a llamar a tu tío Cosme.

—Conseguiré la baja. Eso no es problema. Eso me lo gestiona mi tío.

—¿Tu tío lo sabe?

—No, no, a él no puedo contarle esto.

—¿Necesitas algo, yo qué sé, que me vaya esta tarde contigo?

—No, esta tarde no, tengo muchas cosas que hacer en la casa, he tenido que cambiar todo de sitio. Le he puesto el reloj de cuco en el cuarto.

—Anda que las ideas que tienes. Se te va a despertar.

La oí respirar fuerte, como si no estuviera dispuesta a aguantar mis broncas de otras veces.

—¿Con quién estás de turno? —me dijo, haciendo evidente que quería cambiar de conversación.

—Con Teté.

—Menuda bruja.

—Sí, menuda bruja.

—Te intentará sonsacar.

—Pero ya sabes que conmigo no puede. A Morsa no le voy a decir nada, eso quiero que lo sepas.

—Mejor, Morsa es un cotilla, aunque sea tan amigo tuyo.

—Ah, deja eso ya —le dije. De fondo se escuchaba la voz de Luis Miguel—, Milagros, tendrás que hacer frente a las cosas, ese niño tiene que estar apuntado en un registro, tendrá que ir a un pediatra, yo qué sé, no puedes quedarte con él en casa para siempre.

—Ya lo sé, ya lo sé, sólo llevo seis días aquí metida, no te pongas nerviosa.

—¿Voy mañana?

—¿Mañana viernes?... Mejor el domingo.

—¿Estás contenta?

—Pues claro que estoy contenta, como para no estarlo.

—No sé, te noto rara, como si no tuvieras muchas ganas de hablar conmigo.

Se echó a reír.

—Es que me ha dado un poco de depresión posparto.

—Anda, serás boba.

—Ríete, a las madres de los adoptados les pasa igual, como que de pronto todo se te hace muy cuesta arriba.

—¿Ese disco de Luis Miguel es el mío? —le pregunté.

—Sí.

—¿Y qué hace en tu casa?

—Como dijiste que lo ibas a tirar, que te ponía muy triste, pues me lo llevé.

—Ay, Milagros, pero una cosa es decirlo y otra cosa es que te tomen la delantera.

—Hace un momento me llamas por si necesito

algo y no paras de meterte conmigo por una cosa o por otra. Eso cansa —dijo, la voz le temblaba un poco.

—Que no, mujer, quédate con el disco, si sólo digo que me da rabia que no preguntes antes de llevarte una cosa que no es tuya. Pero vaya, que el disco te lo puedes quedar.

—Cuando escucho la de *Se te olvida*, ¿sabes cuál?

—Sí, claro.

—«Se te olvida, que me quieres a pesar de lo que dices —cantaba rápido, para recordarme esa parte de la letra—, pues llevamos en el alma cicatrices, imposibles de borrar», cuando oigo eso me acuerdo de ti.

—Anda que las cosas que me dices.

—Puedes reírte de mí, como siempre, pero yo me acuerdo de ti. Cuando oigo que llevamos en el alma cicatrices se me pone una bola aquí en la garganta, Rosario.

—Pues no la escuches, que la música es muy mala cuando se está triste.

—Que no estoy triste, te he dicho, sólo me pasa lo que es natural que me pase, lo que le pasa a todo el mundo en estas circunstancias, Rosario.

«Lo que le pasa a todo el mundo en estas circunstancias.» Lo demás lo cuento como lo recuerdo pero esa frase la dijo así literalmente, con esas mismas palabras. El domingo me levanté inquieta. Por primera vez era yo la que contaba los minutos que me faltaban para verle la cara, la cara de la Milagros nueva, esa Milagros misteriosa que no me había dejado ir el sábado, que parecía tener unas actividades ajenas a su amistad conmigo, por primera vez era yo el perro y ella el ama, por primera vez ella parecía no estar dispuesta a aguantar mis consejos, mis lecciones, mis regañinas. Sentía curiosidad por esa nueva Milagros que había oído por teléfono, que parecía tan loca como la otra pero con más genio. A lo mejor era la maternidad, pensé, que te cambia de pronto y te vuelve una loba que ha de proteger a su cría.

El domingo, ese domingo, antes de bajar al metro, entré en la pastelería y compré unos buñuelos de nata y chocolate. Nunca los compro salvo que tenga una razón poderosa porque con los buñuelos no conozco el límite, puedo comerme, yo sola, uno detrás de otro, un kilo de buñuelos sin pestañear. Compré también en el puesto de la gitana una docena de claveles rojos, y cuando me senté en el vagón pensé que realmente tenía toda la pinta de que iba a ver a una recién parida. Milagros se reiría al ver los buñuelos, igual que yo me reía por dentro, recordando esos viajes viciosos que hacía a la nevera cuando ella me traía buñuelos por el Día de todos los Santos y hasta que no acababa la bandeja era incapaz de concentrarme en la tele o en la conversación. Si yo fuera como tú de flaca, me decía Milagros, que parece que te has comido una solitaria, me comía cinco bandejas. Y yo le decía, si yo también tengo tripa, Milagros, lo que ocurre es que si me comparas contigo parezco anoréxica.

Con las flores y la bandeja de los buñuelos me bajé en Ventas y crucé el puente de la M-30, que a eso de las seis de la tarde estaba hasta arriba de gente que iba de un lado a otro, a paso lento, no como yo, que llevaba el ritmo del que tiene un destino. La gente cruzaba aquel puente espantoso por el simple hecho de pasear, porque en Madrid ocurre lo que no ocurre en ningún lugar del planeta, que la gente pasea por unos sitios inmundos y se asoma a los puentes que cruzan las autopistas como quien se asoma a ver las olas del mar.

Milagros vivía, en su pisito diminuto, al lado del Tanatorio. Me acordé, de pronto, de cuando Milagros y yo íbamos con el taxi de madrugada a tomarnos un gin-tonic al bar del Tanatorio, y teníamos el cuajo de estar allí bebiendo una copa, rodeadas de gente llorando que entraba y salía. Realmente, si te pones a pensarlo en frío, cuando eres joven tienes muy poca sensibilidad, porque yo no recuerdo haberme sentido incómoda en ningún momento por estar allí bebiéndome mi gin-tonic con pajita en un ambiente de tanto sufrimiento. Y aunque la idea de ir al Tanatorio surgió de Milagros, porque le había dicho su tío Cosme que ahí recalaban muchos taxistas porque el café era buenísimo y porque sabían que lo bueno del Tanatorio era que nunca te lo ibas a encontrar cerrado, yo, siendo justa, no puedo echarle la culpa de todas nuestras excentricidades a Milagros. Ella tenía la disculpa de su infantilismo pero yo, descontando mi tendencia a la depresión, siempre he tenido la cabeza en mi sitio. Más bien, habría que pensar que la juventud es esa edad en que la filosofía vital consiste en que los demás (el prójimo) son unos gilipollas y la desgracia ajena es eso, ajena.

Si me ponía a pensar, gran parte de mis recuerdos estaban relacionados con la loca de Milagros. Y ahora, fíjate por dónde, iba a su casa, en la que sólo había estado, por cierto, dos o tres veces desde que la compró, porque ni me gusta viajar en metro (menos teniendo que hacer transbordos), ni me gusta ir a la casa de la gente, porque tengo que celebrar cómo está decorada la casa y la comida que te preparan y los niños que tienen, ni me gusta estar obligada a quedarme un rato después de las comidas, no sé lo que hacer y me siento incómoda y no sé cuándo es el momento en el que esa familia o esa persona quiere que me vaya. Prefiero quedar en los bares y si me harto, me largo.

El niño cambiaba mucho las cosas. Si Milagros lograba salir del lío en el que se había metido y conseguía que no le arrebataran a la criatura (yo en ese momento no me podía imaginar cómo) tendría alguien en la vida en quien pensar que no fuera yo. Yo, yo, yo, el centro de su vida, estaba pasando a segundo plano. Y de pronto, me daba cuenta de que me sentía algo celosa y no sabía cómo reaccionar ante ese sentimiento. Milagros, la madre. Y yo, la tía. ¿No había querido librarme de ella toda la vida? Pues ahora existía una razón poderosa para que me dejara en paz. Pero en vez de estar aliviada, me sentía, de pronto, un poco sola en el mundo. Tenía que reconocer, pensé, que no sólo Milagros era una persona especial, yo a veces también era un poco retorcida.

Llamé al timbre. La voz de Luis Miguel inundaba el descansillo, bajaba por la escalera hasta el piso de abajo. «El día que me quieras, bajo el azul del cielo, las estrellas celosas, nos miraran pasar.» Milagros abrió. Nos quedamos mirando la una a la otra sin decir nada, como si de pronto sintiéramos vergüenza, la que sienten los niños cuando vuelven a la escuela después de no haberse visto durante el verano. Yo con las dos manos ocupadas, los pastelillos, las flores.

—Bueno, qué —le dije—, me dirás que pase.

—Es que te quedas ahí parada —dijo—, ¿me darás un beso?

Le di un beso y le puse las flores y los pasteles en la mano.

—¿Y esto?

Me encogí de hombros.

—Pues eso, buñuelos y claveles.

—Qué detallista.

Milagros entró y yo detrás de ella.

—Estaba terminando de poner el café —dijo, y se metió para la cocina.

La casa había cambiado muchísimo desde que yo había estado la última vez, ¿cuándo, hacía ya un año? Estaba todo primorosamente colocado. En el salón yo podía reconocer y si no imaginar todas aquellas cosas que Milagros había ido pillando de la basura. Había tal acumulación de adornos que a uno le daba miedo moverse, porque daba la sensación de que si tirabas algo, todo se vendría abajo, pero lo que me sorprendió fue que siendo las cosas muy viejas, algunas rotas, el salón no dejaba de tener un aspecto limpio, ordenadísimo. En la pared había colgado dos mosaicos que habíamos hecho en el colegio, dos payasos, uno de ella y otro mío. El mío con una lágrima. Me acuerdo de lo artístico que me parecía cuando lo hice. Un humidificador soltaba vapor con esencia de eucaliptus y daba al ambiente un aire húmedo, aromático y agradable. La pata que le faltaba al sofá había sido reemplazada por un bote de pintura, las acuarelitas de marinas que habrían pertenecido Dios sabe a qué pobre mujer estaban allí adornando las paredes, los maceteros de macramé de los que colgaban los potos, los juegos incompletos de café, la mantita del sofá, cuántas cosas venían de nuestros trasiegos por la calle. Los muñecos de peluche tiesos y duros con los que nunca jugaban los niños, al menos en mi casa mi madre nunca nos dejó, estaban de adorno en la estantería del cuarto. Los muñecos tuertos: el caballito del balancín, el tigre horrendo, la niña tirolesa. Las mil y una noches de Milagros. Y mías.

—Milagros —le dije, sin saber por qué, con cierto apuro—, ¿y el niño?

—En el cuarto —dijo desde la cocina—, ven, ayúdame.

En la puerta de la cocina me dio un plato de porcelana con los buñuelos amorosamente colocados. Ella llevaba la bandeja con la cafetera humeante y las tazas. No me hablaba, estaba entregada a las faenas de anfitriona, como si fuera una madre muy en su papel de recibir visitas.

—La tienes muy bonita —dije, recorriendo otra vez con la mirada el pequeño salón. Y no se lo decía cínicamente, se lo decía como se le miente a una abuela o a un niño, con una mentira cargada de buenos sentimientos.

—A mí me gusta. Y mira qué pedazo de cielo veo desde la terraza. —Descorrió la cortina y ahí estaba, el pedazo de cielo rojo del atardecer de un domingo de mayo—. Cuando tenga dinero la cerraré y así podré tener aquí invernadero y salita de lectura.

—¿De lectura?

—Sí, quien dice de lectura, dice de costura, o simplemente para mirar el cielo en primer plano. No todo el mundo puede decir que ve este cielo desde su casa.

—Yo no, desde luego.

—Encontrarás esto un poco más recargado que tu salón...

—También hay que tener en cuenta que tú llevas más tiempo decorándolo. Con el tiempo, todas las casas se llenan.

—Eso también es verdad. Bueno —se me quedó mirando—, nos podríamos sentar.

—¿Puedo pasar al servicio?

—Pues claro. Yo en tu casa nunca te pregunto si puedo pasar al servicio.

—Ya sabes que yo soy un poco... —Las manos intentaron explicar lo que yo no sabía decir y se me quedaron en el aire, en un gesto que no significaba nada, salvo la propia extrañeza de la situación—. Voy al baño y ahora atacamos la bandeja de buñuelos. No empieces sin mí —le pedí, intentando decir algo intrascendente, gracioso.

Entré en el baño, me senté, hice pis, me acaricié las rodillas como hago siempre desde que tengo memoria, y esperé a que el habitual ligero escalofrío me subiera hasta la boca. Entonces, pensé que tenía que hacerlo, que tal vez Milagros lo estaba esperando. Me miré al espejo mientras me lavaba las manos y la cara que vi parecía saber aquello que yo aún no sabía. Salí al pequeño pasillo al que daban las dos habitaciones, la del fondo era la de Milagros, estaba abierta, su cama de matrimonio, con el cabecero cromado y una colcha de flores descoloridas sobre la que Lucas dormía el sueño plácido de los animales que fueron abandonados y que han encontrado un techo.

Sentí que Milagros quería que lo hiciera. Después de tantos años quién no sabe lo que el otro quiere de ti aunque no lo diga. Ella me pedía algo que me dejaba paralizada allí, en medio de aquel diminuto distribuidor que ahora estaba casi a oscuras si no fuera por una de esas bombillas de baja intensidad que se colocan en los enchufes para que los niños no tengan miedo. Sabía que Milagros quería que lo hiciera. Ella lo estaba esperando, sentada en el sofá, delante de un café que nunca nos tomaríamos y de unos buñuelos que sólo habían servido para aparentar normalidad. Acerqué mi mano al pomo de la puerta y noté que me temblaba. La abrí, la abrí lentamente, como si estuviera dentro de un sueño en el que me sintiera incapaz de hacer las cosas deprisa. La cuna estaba debajo de la ventana. Un cuco que sólo Dios sabe de dónde habría salido, tal vez Milagros lo tenía allí desde hacía tiempo esperando la llegada del bebé que lo ocupara, o tal vez lo había recogido de la basura para que sirviera de cuna para Lucas. La persiana estaba levantada y parecía literalmente que un pintor hubiera dado dos brochazos rojos horizontales en el cielo. Un ruido sordo, de resorte, me asustó. En la pared, el reloj de cuco anunciaba las ocho de la tarde. Milagros se las había apañado para que no sonara, y ahora el pájaro salía y entraba con el ruido de una carraca vieja.

Ya sabía que no hacía falta que me acercara porque detrás del olor a colonia infantil que inundaba la habitación había otro olor que me hizo llevarme la mano a la nariz y que estaba a punto de marearme. No hacía falta que lo viera pero me acerqué. Me acerqué porque sabía que ella, desde el salón, con las manos seguramente sujetándose la cabeza como hacen las personas desesperadas, me lo estaba pidiendo. Ahí estaba Christopher, boca arriba, pálido, con sus ojos y su boca ligeramente abiertos, con los bracillos fuera del embozo de la sábana, como duermen los muñecos. La cara de un blanco de porcelana. El pelo peinado a raya, como los niños antiguos.

Salí de la habitación y cerré la puerta detrás de mí. Entré sigilosamente en el salón, con el mismo respeto que si hubiera entrado a un velatorio. La luz se había marchado casi por completo y me senté al lado de Milagros, que apoyaba la cabeza entre sus manos. Hablamos en susurros, a oscuras.

—Milagros..., no lo puedes tener ahí para siempre.

—Me cuesta mucho separarme de él —su voz sonaba ahogada detrás de la pantalla de sus manos.

—Ya lo sé.

—No lo sabes, cómo lo vas a saber. No puedes saber lo que es perder a un hijo.

Mi mano fue espontáneamente, sin que yo lo pensara, hacia su cabeza y le acarició el pelo una y otra vez. La oía sollozar, no desesperadamente como aquella noche, sino con el llanto apagado de los que no tienen ninguna esperanza. Me pregunté cómo la había dejado llegar hasta ahí.

—No lo sabes, Rosario, tú no sabes lo que es este vacío. Voy por la casa y soy ya como un fantasma.

—Tendremos que enterrarlo, Milagros.

—Sólo de pensar que ya no estará en su cuarto se me parte el corazón.

—Los muertos descansan mejor bajo tierra, Milagros, si lo dejas ahí sólo conseguirás que se estropee y eso sería fatal, te pondría más triste aún.

—Hay que buscarle un buen sitio.

—Un sitio fuera de Madrid, donde puedas ir a visitarlo para el día de los difuntos.

—Lo llevaremos donde está mi madre, en su misma caja.

—No, en la misma caja no puede ser, Milagros, tenemos que hacer todo esto sin que nadie se entere, a escondidas, ¿no te das cuenta de que el niño no existe para nadie?

—Entonces lo llevaremos cerca, cerca de mi madre. Al otro lado de la tapia del cementerio, allí hay unos almendros preciosos. No se le puede enterrar en cualquier secarral.

—Desde luego que no.

—¿No crees que ha sido una suerte que muriera en su propia casa y no en un contenedor de basura?

—Eso no lo dudes.

—Es que con algo tengo que consolarme. Todas las madres que pierden a un hijo tienen que encontrar un consuelo, y el mío es ése, que ha muerto como todos deberíamos morir, en casa y con la mano de quien más te quiere tocándote la frente. Rosario, si no fuera por ti...

—Anda, no seas boba.

—A quién tendría yo, dime.

—Y si no hubiera sido por ti, ¿qué hubiera hecho yo cuando murió mi madre?

—Rosario, hay una cosa que me atormenta mucho.

—Dime.

—Dirás que es una tontería pero para mí no lo es. No tengo caja. No tengo caja para meterlo —Las manos volvieron a sujetarle la cabeza—. ¿Cómo se hace eso, Rosario, puede ir cualquiera a las tiendas de ataúdes y encargar una blanca para un bebé?

—No, eso no se puede hacer.

—Y yo no quiero envolverlo en una manta, Rosario, yo quiero que tenga su caja, como todo el mundo. No podría dormir tranquila si supiera que está bajo tierra envuelto en una colcha. Eso no es humano.

—Ya buscaré yo algo, ahora tú no te inquietes por eso.

—Le puedo pedir el taxi a mi tío Cosme para viajar al pueblo, lo que pasa es que él no me lo dejaría hasta el viernes.

—Hay que ir antes. Si no te importa, Milagros... Creo que lo mejor es que se lo diga a Morsa y que nos lleve él en su coche. Tú no estás ahora para conducir.

—¡Morsa! Ese tío seguro que se lo contaba a todo el mundo.

—Le diré que llevamos un gato.

—Me da pena que Christopher pase por ser un gato.

—Qué le vamos a hacer.

—¿Y qué va a pensar de que llevemos a un gato a enterrar a trescientos kilómetros?

—Bueno —le dije sonriendo—, él siempre ha creído que estamos un poco chaladas. Nos cree capaces de hacer eso y más.

Milagros levantó la cara y me miró, también sonreía. Sonreíamos las dos, como si en lo último que yo había dicho estuviera el secreto de la felicidad.

CAPÍTULO 11

Escuchadme. Dejadme que os cuente una cosa: soy una inocente. Más de lo que estáis dispuestos a creer. Más de lo que siempre pensó mi madre, que me hizo crecer con la idea de que desde muy niña llevaba un adulto dentro que observaba críticamente las vidas ajenas. ¿Sabéis lo que es eso, que te hagan creer cuando eres pequeña que en todos tus actos hay una doble intención, y para colmo, mala? Ella solía adornar el comentario diciendo que ese retorcimiento era debido a mi enorme inteligencia. Solía rematar la frase comentando con una sonrisa: en el fondo, es muy buena, incluso puede que hasta sea más buena que su hermana. Decía eso porque sabía que una madre como Dios manda no debe hacer comentarios negativos de sus hijos, así que encubría las críticas, pero no podía evitarlas, no podía. Os puedo asegurar que ese juicio suyo me entristeció más que nada de las cosas que normalmente pueden entristecer a un niño, más que la marcha de mi padre. Ese juicio suyo me torció la vida. No os exagero, creedme, es algo que tengo muy meditado. Me hizo creer que estaba endemoniada o algo así, que otro ser dentro de mí observaba la vida con maldad. Y si te repiten tanto las cosas desde niño acabas creyéndotelas, actuando según la imagen que tus padres tienen de ti. Ella me quitó la inocencia de tanto repetir que yo no era inocente, pero lo era. Miraba fijamente, eso sí, que es lo que a ella más le molestaba, pero era porque siempre me ha costado entender las cosas a la primera. Miraba para comprender. Era mucho más tonta de lo que ella pensaba. Ella me atribuía la inteligencia de la maldad, y yo tenía, os lo puedo asegurar, la lentitud del niño bondadoso. La miraba cómo estudiaba los cuellos de las camisas de mi padre antes de echarlas a la lavadora, cómo las olía, cómo manoseaba incluso su ropa interior; y ella de pronto se volvía, como si hubiera sentido mi presencia, me veía en el quicio de la puerta del lavadero y se llevaba un susto, ¿qué haces ahí, Rosario, qué haces?, y había un tono nada disimulado de irritación, una vez incluso me dijo, ¿se lo vas a contar a tu padre, se lo vas a contar, verdad? Y yo no sabía qué es lo que le tenía que contar ni qué interés tenía aquello que la veía hacer con tanta frecuencia, como registrarle los bolsillos, la cartera; más bien me producía inquietud el ver a mi madre, tan controlada siempre, tan poco misteriosa, acercando la nariz a unos calzoncillos, o quedárselo mirando fijamente cuando él estaba leyendo el periódico, con una intriga que yo no acababa de entender. Ella me atribuía a mí una compleja sabiduría. Por qué, no lo sé. A lo mejor porque siempre he mirado de frente, porque mi cara siempre ha sido el espejo de mi alma, porque mis gestos no me han permitido ser hipócrita, y tenía curiosidad, siempre la he tenido. Podía haberme celebrado mi curiosidad, pero no, ella lo achacaba a un retorcimiento genético, ¿lo podéis creer?, ¿y quién era la retorcida? Ves a tu madre con la nariz metida en los calzoncillos de tu padre y quieres saber por qué lo hace. Sólo eso. Ella me hizo creer que yo no era inocente. Es más, en mí perdura ese miedo infantil a no serlo, el miedo a tener dentro a ese bicho que me domina. Pero decidme ahora si no hay que ser muy inocente para darte cuenta de un detalle fundamental en tu vida veinticinco años más tarde. Veinticinco, que se dice pronto.

Os hablo de esta misma mañana. Voy al armario en el que guardo las pocas cosas que conservo de mi madre. Buscaba el baulito nacarado. En un principio sirvió para meter algunas prendas de su ajuar de novia, el camisón de raso, la bata, las zapatillas de seda con el pompón, cosas que el tiempo fue comiéndose y amarilleando hasta que, como ocurre con las cajas viejas por muy bonitas que sean, mi madre acabó usándolo para meter otras tantas cosas inservibles. Esta mañana, cuando abrí el baulito, el baulito del que yo sacaba el camisón de novia de mi madre cuando era niña y con el que jugábamos mi hermana y yo a las novias dejando una peste a alcanfor por toda la casa, me encontré unos zapatos de charol que me compró mi padre una víspera de Reyes. He sacado los zapatos, cuarteados, arrugados, asombrosamente pequeños, cuando siempre estuve convencida de tener unos pies enormes, y al tenerlos en la mano me he acordado de aquel cinco de enero con tanta viveza que he sentido hasta un cierto mareo. Milagros cree que los objetos contienen la vida de la gente. Pues es verdad. Tan cierto como que cuando los he tomado cada uno en una mano es como si me hubiera agarrado con fuerza a los mandos de una máquina del tiempo y el presente de hace veinticinco años se ha convertido en el presente de esta mañana y no era como estar recordando, no, no, era estar viviendo de nuevo.

Estoy en la cama de mis padres sentada, estoy pegando botes, haciendo sonar los hierros del somier. Fantaseo con que a lo mejor, al empujar el colchón hacia el suelo, éste toque alguno de los paquetes que nos van a traer los Reyes. Yo ya no creo en los Reyes, pero hago como que sí, para que mi madre no me hable del adulto que llevo dentro y para que mi hermana pueda creer en los Reyes durante cinco años más. Mi madre y mi hermana han ido a la calle, a qué, no me acuerdo, puede que a comprar el roscón. Estoy, cosa rara, sola con mi padre. Digo que es raro porque mi padre casi nunca está en casa. Viaja o dice que viaja. Mi madre ha hecho que pongamos en duda todo lo que mi padre dice que hace. Y la verdad es que en el fondo, aunque me pese, siento que ella tiene razón, mi padre tiene toda la pinta de decir que viaja, pero de no viajar. Suele llevarse una maleta pequeña, mi madre le mete dos o tres mudas y algunas camisas. Él dice, llamaré desde Murcia, desde Málaga, desde Cádiz, a nosotras nos da muchos besos por toda la cara, a mi madre siempre dos, en las mejillas. Nunca la besa en los labios, ni cuando se va ni cuando vuelve. Eso me tuvo durante muchos años convencida de que los padres no se besan en los labios, hasta que vi cómo se besaban los padres de una compañera del colegio y eso me dio que pensar. Él no la mira nunca a los ojos aunque nosotras nos damos cuenta de que ella se los busca. Salimos al descansillo y cuando sentimos que ha cerrado el portal las tres nos asomamos a la ventana y lo vemos montarse en el coche. Mi madre se queda pensando, absorta durante un buen rato, y me contagia su miedo a que él no vuelva nunca más. Aunque seas pequeña, tonta, inocente, no es difícil que percibas que ese hombre no le pertenece a mi madre, ni a nuestra casa, a veces incluso podríamos dudar de si es nuestro padre, y no sería insensato si no fuera porque hay pruebas, esa foto de la boda en la que mi madre tiene cara de virgen y mi padre tiene la cara de un señor que pasaba por allí.

Su forma de andar le delata, su forma de mirar, de fumar, de anudarse la corbata. Parece uno de esos hombres que uno ve tomándose un whisky en los bares de los hoteles, pero no parece el hombre que debería estar sentado en el sillón orejero todas las noches. Siempre sentimos como si estuviera de visita. Por eso, esta tarde del cinco de enero en que yo estoy sola con él me parece extraordinaria, boto sobre la cama porque siento la felicidad de tenerlo para mí sola, siento que yo sí que podría retenerlo en casa.

Está haciéndose el nudo de la corbata delante del armario de luna como se lo haría el hombre delante del espejo de un hotel, y de pronto se vuelve. Me ha leído el pensamiento.

«Rosario», pronuncia mi nombre y se me acerca.

Yo dejo de saltar. Me quedo quieta, aunque los muelles siguen sonando aún durante un tiempo.

«Rosario —dice ahora en un susurro—, tú sabes quiénes son los Reyes, ¿verdad?»

Yo le digo que sí con la cabeza. Pienso que decir que sí con la cabeza no me compromete a nada.

«¿Quiénes son?», pregunta.

Los que tú ya sabes, se lo digo pronunciando lentamente cada sílaba y señalándole con el dedo.

Pero él no se conforma. Sonríe y pregunta otra

vez, «¿Tú qué dices, Rosario, que son tres o que son dos?».

Yo levanto dos dedos mirándole a los ojos. Parece una señal de victoria. No sé qué va a pasar ahora, pero él sonríe, sonríe como si yo hubiera dado la respuesta acertada y eso me hace feliz.

«¿Soy yo uno de ellos?», me pregunta.

Y yo digo que sí con la cabeza.

«¿Y quieres venir conmigo para ver, me habla ya al oído, en un susurro, cómo trabajan los Reyes el día cinco de enero?»

Me levanto de la cama de un salto y voy corriendo a mi habitación, me pongo los zapatos, me pongo la trenka, me planto ante sus ojos. «Ahora vamos a escribirle una nota a tu madre: no le voy a decir la verdad, ¿sabes?, porque esto es un secreto entre nosotros. Le voy a decir que me has acompañado a la oficina a por unos papeles, ¿sabrás guardar ese secreto?» No me salen las palabras, sólo muevo la cabeza afirmativamente, no una, sino tres, cuatro veces. «Ni una palabra, ni a ella ni a tu hermana. Tu madre quiere que sigas creyendo que los Reyes son tres y se pondría muy triste si supiera que tú sabes que son dos.» Ya, ya lo sabía, es como si mi padre me fuera leyendo el pensamiento, como si de pronto alguien supiera todo lo que discurre por mi cabeza.

Salimos a la calle y un aire frío me da en la cara y no puedo contener la risa. Me lleva de la mano. Yo quisiera encontrarme a alguien, quisiera encontrarme a alguien del colegio, o a una de esas vecinas que siempre nos miran con cara de pena. Mirad, mirad con quien voy, soy su hija, pero parezco su novia. Dejamos el coche atrás y yo le miro y él adivina mi pensamiento y me dice, vamos en metro, y cuando bajamos las escaleras del metro yo deseo con todas mis fuerzas que aquel viaje nos lleve lejos y tardemos años en volver a casa. El vagón está tan lleno que la gente me espachurra y me ahogo y no veo nada, hasta que siento sus dos manos debajo de mis axilas alzándome a la altura de los demás. Así me lleva casi todo el trayecto. Yo siento felicidad y vergüenza, una vergüenza femenina, creo, porque en ese momento le amo.

Las calles están hasta arriba de gente que mira escaparates, que duda, que te empuja con las bolsas de los regalos. Todos los empleadillos de los Reyes Magos han salido a la calle Goya a hacerles el trabajo sucio. Nosotros caminamos rápido. No miramos ni buscamos nada, vamos resueltos a un objetivo que yo desconozco pero que nos obliga a ir sorteando a la gente que va en sentido contrario, o adelantando a la que va en el nuestro, o cruzando semáforos que ya van a ponerse en rojo. El hombre andando rápido, la niña que soy yo casi corriendo para ir a su paso. Llegamos a una zapatería, a la zapatería más grande que he visto en mi vida, hace esquina y el cristal se curva en el ángulo y a mí eso me parece muy elegante. Con mi madre siempre compramos los zapatos en las galerías de la calle

Toledo. Ella repite y repite que no le da el dinero para otra cosa, ¿a mi padre sí? En un rincón del escaparate están los zapatos de niña. De niña, no, dice mi padre, de jovencita. Negros, de charol. Están expuestos con tanta inclinación que parece que tienen tacón. Miro los zapatos y luego miro a mi padre, pero me doy cuenta de que él ya no me sonríe a mí sino a alguien que está dentro de la zapatería, a una mujer que agachada en el suelo está ayudando a un hombre a calzarse unas botas. La mujer atiende al cliente pero no deja de levantar la vista para mirar a mi padre y para mirarme a mí, ahora me mira a mí. Más que una mujer es una chica, una chica con una coleta de caballo, alta y con los labios muy pintados. Le hace unas señas a mi padre, le pide que vuelva dentro de un rato. Mi padre me lleva al bar de al lado, me dice que vamos a merendar y que volveremos cuando haya menos gente en la zapatería. Me dice que la chica es una amiga, que le hace descuento y a mí todo me parece extraño y al mismo tiempo lógico, porque esta tarde soy su cómplice. Me como dos tortitas con nata y chocolate y veo cómo él fuma y sale y entra del bar, inquieto, mirando cómo va la cosa en la zapatería, esperando, supongo, una señal. Debe ser muy tarde porque las tiendas están empezando a echar el cierre y yo siento de pronto pánico a que nos cierren la nuestra y el Rey no me pueda comprar los zapatos de charol. El cierre está echado, sí, pero ella lo levanta un poco y pasamos, mi padre agachándose. Yo me siento en uno de los largos asientos de piel y ella me trae uno de los zapatos. Ella lleva en el dedo la misma sortija granate que mi padre le regaló a mi madre, y cuando ella se va para buscar en el escaparate el otro pie, yo se lo digo a mi padre al oído y él me dice que esas cosas nunca se deben decir porque las mujeres siempre creen que sus joyas son únicas, exclusivas. Exclusivas, repito, y no lo entiendo pero ya no pregunto. Soy su cómplice. Ella me toca el dedo gordo, tal vez le están un poco pequeños, dice; yo digo que no, pero mi padre dice que sí, que tal vez me están un poco pequeños, y ella se va a buscar una talla más y se vuelve un momento a mirarnos, a mirarle, y mi padre va detrás de ella, porque son amigos y dice que la va a ayudar a buscar y que yo mientras me quede sentada, ahí, sin moverme, que será un momento. Y ahí me quedo, no un momento sino muchos momentos. La zapatería está iluminada y la gente mira los zapatos del escaparate y luego me miran a mí con curiosidad, algunos me señalan, sin comprender muy bien qué hace esa niña con la trenka puesta, sola, descalza, como si sus padres se hubieran marchado olvidándola y los dependientes hubieran cerrado el comercio sin reparar en su presencia. Yo hubiera preferido que las luces hubieran estado apagadas y no despertar tanta curiosidad así que me escondo detrás de uno de los sofás, me pongo la capucha, y me quedo dormida.

«Rosario, Rosario. —Oigo la voz de mi padre. Ahora lo veo, me ayuda a levantarme—. Me habías asustado, no sabía dónde estabas.» Tiene la caja de los zapatos en la mano. No sé cuánto tiempo ha pasado y cuando nos despedimos de la chica de la coleta yo no he acabado de salir del mundo remoto del sueño. Mi padre le da un beso y a mí me parece que se lo da muy cerca de la boca. Luego, entramos en una cabina, mi padre llama a casa y explica que hemos estado en la oficina, que ya volvemos, que hemos merendado fuera. Y yo encuentro que lo dice en el mismo tono que cuando soy yo la que estoy en casa, la que contesto al teléfono y es él diciéndome, estoy en Murcia, mañana mismo vuelvo, os echo de menos. Ahora volvemos en taxi, él me dice que al final nos hemos llevado los zapatos de la misma talla. No eran tan grandes en realidad, dice. Y dice que yo he de hacer como que no sé nada de esos zapatos, que tendré que decir que hemos estado en la oficina, y que mañana cuando vaya a buscar los regalos debajo de la cama, tendré que aparentar una sorpresa enorme, «¿sabrás, Rosario?», y yo le digo, pues claro. No voy a cometer ningún fallo porque quiero que me vuelva a llevar con él otra tarde, que sepa que soy la única persona de casa en quien puede confiar, la única también que puede retenerlo. Me da la risa sólo de pensar en esta nueva complicidad. Y aunque él de pronto se sumerge en un silencio que ya no se rompe ni cuando entramos en casa y se apoya en la ventanilla con la mano en la cabeza como si algo le hubiera derrotado, yo estoy tocando la felicidad en todo el trayecto, en la cena, sabiendo que mis zapatos están ya debajo de la cama de mis padres, en mi cama, gozando de los secretos que Palmira ignora, en el beso de buenas noches que le doy a mi madre que es el beso de la pequeña rival que acaba de nacer en mí.

Él se debió de marchar por marzo. Quiero decir, definitivamente. Pero aunque parezca increíble, yo nunca, de verdad, nunca relacioné aquella visita a la zapatería con las ausencias de mi padre ni con su abandono, tal vez estaba tan envanecida pensando que yo era especial para él que ese sentimiento me nubló la razón. Culpé a mi madre. La culpé por su torpeza, por no haber sabido engatusarlo para que se quedara, por recibirlo siempre en bata, en su bata fea y usada, por tener esa cara hinchada de sueño por las mañanas, por no estar tan brillante y atractiva como él se merecía. La culpó mi inocencia, mi pobre inocencia, porque nada de lo que estuve viendo durante años fueron señales para mí: ni su nariz en los calzoncillos, ni su cara de angustia, ni la mirada de mi padre a esa mujer de la zapatería aquel cinco de enero. Desde luego que me enteré enseguida, cómo no enterarse, de que se había ido a otra ciudad con otra mujer, pero es extraordinario que nunca se me pasara por la cabeza, nunca, hasta que lo vi aparecer en el cementerio cuando enterramos a mi madre, que aquella víspera de Reyes me había utilizado de coartada, a su propia hija de diez años, ¿no es increíble? Resulta que la única vez en mi infancia que me sentí verdaderamente tocada por la gracia del Señor no había sido debido a mis encantos sino a que a mi padre aquella tarde le entraron unas ganas desesperadas de ver a aquella mujer, perdón, a aquella chica, y como ya no le quedaban excusas, utilizó a una de sus dos hijas, y me utilizó a mí porque él sabía que yo era la más inocente, la que le seguiría hasta las mismas puertas del infierno, la que sentía por él el enamoramiento de los niños pequeños que es tan arrebatado como el de los adultos pero que no conduce al sexo sino a la admiración. Me vio desde el espejo de luna mientras se anudaba la corbata, me vio saltando en la cama y se dijo, ya está, me la llevo, ¿qué mala acción puede hacer un padre que pasea a su hija, que la lleva de la mano a ver la iluminación navideña mientras van camino de la oficina? Tuvieron que pasar veintitrés años para que yo me diera cuenta del engaño. Tuvo que estar mi madre a punto de caer sobre la tierra, con aquellos dos hombres sudorosos sujetando con las cuerdas el ataúd y bajándolo a pulso hasta el final del hoyo, y él caminando lentamente hacia nuestro pequeño grupo, avergonzado, esperando un reproche o una mala palabra, para que yo pensara, no sólo la engañaste a ella, a mí también me pusiste los cuernos, y qué lenta he sido para darme cuenta, cuánta confianza tendría puesta en ti como para no interpretar el verdadero sentido de tu regalo de Reyes, qué cabrón fuiste, papá, pero qué cabrón, tomaste mi cariño como coartada, tuviste el descaro de esperar a que llegara la hora del cierre, tuviste el descaro de comprarme la merienda en el bar de enfrente para estar al acecho, loco como estabas por meterle mano como fuera, delante de mí si no te hubiera quedado más remedio, qué cabrón, sólo de pensarlo me lleno de furia, me dejaste esperando en el sofá de la zapatería, a la vista de toda esa gente que ponía la nariz en el cristal del escaparate, se quitaba los reflejos de los focos formando una visera con la mano, y me miraban como si fuera un gorila encerrado y pasivo, resignado a su suerte, esa gente que se preguntaba, qué pinta esa criatura ahí con el cierre de la tienda echado, sola, descalza, con los pies colgando, esperando unos zapatos que no han llegado, esperando a unos dependientes que ya no están o a unos padres que la han perdido, qué clase de persona es la que utiliza a su hija para meterse en la trastienda y echar un polvo, cómo puede uno excitarse, concentrarse, correrse, o a lo mejor es eso lo que gusta, el peligro, el morbo máximo, el tener a dos pasos a la criatura que representa todo lo que tú detestas, la bata usada, la cara hinchada, el sillón orejero.

No se lo dije, no le insulté, no le recordé aquella víspera de Reyes. ¿Cómo se hace eso después de veintitrés años y qué importa ya?, ¿se acordaría él, sentiría alguna vez vergüenza o remordimiento? La vida es una broma, cuando puedes decir las cosas, cuando el tiempo te da capacidad, coraje, inteligencia, entonces el individuo al que tú le vas a echar en cara el haber abusado de tu inocencia es un viejo, y si él no tuvo ninguna consideración contigo tú sí que la tienes con él, porque lo ves venir como temeroso, mendigando algo, no se sabe qué, cariño, perdón, comprensión. Le di un beso, ¿lo visteis? En vez de escupirle en la cara le di un beso. Y Palmira otro. Los malos se vuelven buenos al final de la vida. Eso está ya muy visto. Pero es lo que tienen los viejos, que despistan, que despiertan una compasión que a lo mejor no merecen. El tío será capaz de estar sentado ahí en un banco en ese sitio de Valencia donde vive diciéndole a otro viejo que sus hijas no le llaman. Por eso a mí cuando se me sienta un abuelo al lado y me empieza a dar la brasa con su soledad, le digo, un momento, señor, que yo también tengo muchos traumas. Pero la historia que os quería contar no acaba ahí, no acaba en el cementerio de la Almudena. Acaba esta mañana. Yo estoy con los zapatos en la mano y, como os digo, vuelvo a revivir paso por paso aquella víspera de Reyes. Yo miro los zapatos en el escaparate, miro a mi padre y le veo que está mirando a la mujer, entonces la miro a ella, sonriéndole a él y observándome a mí, con la curiosidad con la que supongo se mira a la niña del hombre al que amas, entonces, esta misma mañana, cuando al ver los zapatos pensaba que tal vez mi último resquicio de inocencia lo perdí el día del entierro cuando caí en la cuenta de que la única tarde que mi padre me había dedicado, esa tarde por la que yo le habría perdonado hasta el brutal abandono, era mentira, fui consciente de algo más aún. No sé qué hay en mi cabeza para que tarde en interpretar lo que veo, a veces me da pavor perder la razón, pero luego me consuelo pensando que es algo que me sucede desde siempre. La mujer que vino con él al cementerio, ¿os acordáis?, la mujer que se quedó todo el tiempo detrás de él, que sonreía a la nada, porque parecía que no se atrevía a mirar a nadie, esa mujer era ella, la zapatera. Me he dado cuenta esta misma mañana, he visto su mirada de hace veinticinco años, la mirada de detrás del cristal y luego la he visto hace dos años, la mirada perdida detrás de mi padre. Y cuando me he dado cuenta de que eran los mismos ojos, se me han caído los zapatos de las manos.

CAPÍTULO 12

Por primera vez era yo la elocuente, pero una vez que hube terminado mi historia me sentía ligeramente decepcionada, dispuesta a volver a mi personalidad desabrida de siempre, porque tenía la sensación de no haber provocado demasiado interés.

Aunque para mí, como para casi todos los seres humanos, el silencio pueda llegar a ser muy molesto, siempre he estado acostumbrada a que lo llenen otros, me he cobijado en esa comodidad en la que nos refugiamos las personas de carácter difícil o poco generoso, hasta que un día, como ocurrió aquél, nos vemos obligadas a tomar el relevo y a llenar el interior de un coche con palabras y quisiéramos que los demás pusieran en nuestro relato el interés que nosotros nunca pusimos en el suyo. Para que luego digan que no reconozco mis defectos. No sólo los reconozco sino que trato de superarme, pero me resulta muy difícil, mucho, porque hablando con total sinceridad (como hablo ahora), la verdad es que no me suele interesar la mayoría de las cosas que me cuentan. ¿Es sólo problema mío? No lo creo, en serio lo digo. La gente te cuenta unas cosas soporíferas y, para colmo, si estás viendo día tras día a las mismas personas, te mortifican sin piedad con lo mismo, con el mismo recuerdo, con la misma anécdota, y es ese aburrimiento el que te puede llevar, como fue mi caso, a no enterarte de lo que de verdad importa.

Morsa sonreía de vez en cuando, puede que aún estuviera algo sorprendido no sólo por el extraño motivo del viaje, enterrar a un gato en un cementerio de un pueblo a trescientos kilómetros de Madrid, sino por la melancolía a la que parecía haberse entregado la dueña, la dueña del gato, que iba mirando por la ventanilla sin abrir la boca en todo el camino y con el baulillo blanco en el regazo. Morsa sonreía al oírme contar recuerdos de un padre del que casi nunca le había hablado, pero imagino que su sonrisa también se debía al orgullo que le provocaba haber sido convocado para este viaje tan excéntrico. Desde el momento en que le pedí que nos llevara —¿un gato, pero qué dices, un gato?, estáis chaladas, tu amiga, desde luego, y tú por seguirle la onda— representó el papel del que está actuando a la fuerza, haciendo un favor por el que más tarde o más temprano pedirá su recompensa, pero yo sabía que en el fondo estaba envanecido, que aquello para él significaba un gesto de confianza aunque no acabara de entender el sentido del viaje. Milagros no se había separado de la caja ni un momento. Hubo un conato de discusión cuando al ir a montarnos en el coche, Morsa propuso que metiéramos el baulillo en el maletero. Milagros con la caja abrazada dijo que de ninguna manera, Morsa dijo que el gato, como era natural, echaría peste; Milagros, mirándome a mí, como pidiendo protección, dijo que como Morsa volviera a decir eso que nos olvidáramos de ella porque se iba en el autobús, ella sola, sin nadie; yo le dije a Morsa que no fuera tan burro, que intentara entender los sentimientos de las personas; Morsa dijo que si no era suficiente entender los sentimientos de las personas estar un viernes por la tarde, después de haberse levantado a las cuatro y media de la madrugada para currar, dispuesto a tragarse todo el atascazo de salida de Madrid para llevar a una tía que quiere enterrar a su gato en Teruel; Milagros se dio media vuelta y empezó a andar a toda hostia, dispuesta, no sé, a irse a la estación de autobuses; yo eché a correr detrás de ella, la paré por el camino, le dije al oído, entiéndelo, mujer, él qué sabe, qué sabe de todo esto, Milagros; Morsa nos gritó mientras abría la puerta de atrás, ¡venga, vamos, mete la caja donde te dé la gana, pero iremos con la ventanilla abierta!; yo le miré como pidiéndole que se callara; él entonces dijo de mejores modos, ¿podré decir algo yo, podré decir algo? El coche es mío; y Milagros, después de dudarlo un momento, muy digna, dando un codazo al aire para impedirme que yo la tomara por el brazo, fue hasta el coche como el niño que vuelve con su caja de juguetes a un lugar en el que no le han tratado bien. Y a partir de ahí, se quedó sumergida en no se sabe qué sueños, con el aire desordenándole el pelo, que le tapaba por momentos la cara, callada. Qué raro, Milagros callada, con la actitud de dolor del que va a enterrar al ser más querido.

—Hay que estar loca para querer así a un gato, no me digas que no —me decía Morsa, comiéndose un bocadillo en la barra de un bar de Tarancón—. Si me dijeras un perro, que mueve la cola, que va a por la pelota cuando se la tiras, que parece que te quiere, pero un gato. Los gatos son unos individualistas. Hay que estar un poquito rayada para ponerse así por un gato.

—Tú qué sabes de gatos ni de perros —le decía yo—, tú qué sabes lo que es estar solo en la vida. Qué fácil es juzgar a la gente.

Te oigo y no te conozco, ¿es que estamos jugando a cambiarnos los papeles?, ¿eso me lo dices tú a mí, que te pasas la vida juzgando a la gente? Vete a cagar, hombre. ¿Que vas hoy de divina, de buena, de comprensiva? Tú sabes que está como un cencerro, me lo has dicho una y mil veces, pero por alguna razón hoy te has conchabado con ella y yo no acabo de enterarme de la jugada. ¿Que está sola en la vida, que está sola en la vida? Yo estoy solo en la vida, decía tocándose el pecho con el botellín de cerveza, ¿a quién tengo yo? Dímelo.

—¿Es necesario que llevemos esta conversación al terreno personal? La cosa es muy simple, Morsa, te he pedido que nos lleves en el coche: yo no sé conducir y ella no puede. Lo haces o no lo haces, pero si vienes dando la vara, es un coñazo, tío, es un coñazo enorme. Y ya me estoy arrepintiendo.

—Pues claro que llevamos la conversación al terreno personal, todas las conversaciones se llevan al terreno personal, querida, hasta cuando hablamos en el curro de establecer los turnos de basura estamos hablando de cosas personales, algunos incluso están hablando de follar... Yo, en cambio, de eso, no puedo hablar, y menos últimamente. —Se quedó en silencio, molesto con él mismo, molesto conmigo, con razón; teníamos una gran habilidad para irritarnos el uno al otro. Me miró de pronto—: ¿De qué estábamos hablando que me he perdido?

—Yo no hablaba, hablabas tú.

—Pero de qué.

—De estar solo en la vida.

—Exactamente, eso era. Gracias. Yo digo que la excusa de hacer el mamarracho, de recorrerte casi cuatrocientos kilómetros por enterrar a un bicho, no puede ser que estás solo en la vida. Porque entonces viviríamos en un mundo de locos. Lo que te preguntaba antes, contéstame, ¿a quién tengo yo, Rosario?

—A tu madre —le dije yo.

—¿A mi madre? —dijo Morsa, empezó a reírse, luego se paró en seco—, amos anda, con lo que sale ahora ésta, a los cuarenta años me dices que tengo a mi madre.

—Pues sí, a tu madre, hay personas que no han tenido a su madre nunca, ahí tienes a una.

Milagros comía el bocadillo de tortilla que yo le había llevado al coche. De vez en cuando, imaginaba yo, barría suavemente con la mano las migas que iban cayendo sobre la tapa nacarada de la caja. Morsa y yo nos quedamos un momento mirándola, y también el camarero, que no tenía otra cosa que hacer que seguir nuestra conversación.

—¿Y a mí mi madre qué me dice, qué me dice en esta etapa de mi vida, Rosario, si me estoy quedando calvo? —me preguntaba Morsa, chulesco, con el codo apoyado en la barra y el botellín en la otra mano, haciendo esos movimientos enormes que hacen aquellos a los que no les salen las palabras.

—No te tiene que decir nada, hijo mío, está ahí, con eso es más que suficiente y ha estado ahí cuando eras pequeño, es algo simbólico, está claro que no te estoy diciendo que te sirva para las cosas prácticas, pero es que nunca entiendes lo que digo, bueno, lo entiendes a tu manera, de forma literal.

—No, no te pases de lista, amiga —decía Morsa—, eres tú la que entiendes lo que yo digo de forma literal, lo que te quiero decir, entiéndeme si es que puedes, es que a cierta edad uno busca otra cosa, ¿sabes o no sabes a lo que me refiero?

—Más o menos —le dije. Claro que imaginaba por dónde iba pero no quería entrar en el tema.

—¿No estás sola tú también, Rosario, no te sientes sola? Si es que lo acabas de reconocer hace un rato. De qué te sirve a ti tu padre. Y te voy a decir una cosa, Rosario, si tu padre ve que estás sola, el día que se sienta enfermo y viejo y no tenga quien le cuide, ese hijoputa viene a que le cuides en sus últimos días.

—Pues va listo.

—Eso se ha repetido muchas veces a lo largo de la historia. Rosario, por no tener tú ya no tienes ni a tu madre.

—Gracias, hombre.

—Rosario, a esta edad uno busca... —y se quedó un rato con la mano en el aire, como cazando una mosca—, no sé, crear algo, uno busca crear algo propio. Es como si te dieras cuenta de que el tiempo de ser hijo ya se te ha acabado y ahora eres tú el que tienes que ocupar el puesto presidencial.

Ay, Dios mío, Morsa, pensé.

Y pensé también que en cualquier momento podía darme la risa. Es algo que me pasa cuando Morsa habla en serio, no lo puedo remediar. Así que antes de que la cosa fuera a más le dije que no me parecía el sitio para hablar de esas cosas.

Es algo que siempre pasa en los viajes y si te paras a pensarlo es francamente absurdo: la gente se ve todos los días, en la casa, en el trabajo, en la calle, pero por alguna razón misteriosa acaba haciéndose confesiones íntimas en esos bares de carretera que huelen a aceite requemado, a chorizo, a quesos, que te marean con el sonido de fondo de la tele, con la musiquilla de la máquina. Muchos matrimonios empiezan o terminan en los bares de carretera, y debe ser porque ir sentado en el coche durante unas cuantas horas mirando el paisaje provoca extrañas conexiones cerebrales. Me imagino que también depende del paisaje, claro.

—¿Qué tiene este sitio para que no se pueda hablar de esto? —decía Morsa dispuesto a llevar esa conversación hacia un final concreto—. Uno habla en cualquier sitio de lo que le sale de la punta de la polla, digo yo.

—Ay, déjame ya, anda —le dije, y salí del bar y le dejé ahí solo, sabiendo que ahora tardaría un buen rato en volver al coche, por fastidiar.

—¿Cómo estás? —le pregunté a Milagros.

—Más contenta —dijo—, porque ya vamos de camino. Ya verás lo bonito que es el sitio, parece de postal, creo que es el mejor sitio para estar enterrado. No lo digo delante de ése —hizo un gesto hacia el bar, señalando a Morsa— porque a todo lo que yo digo le tiene que sacar punta. Por eso no hablo, pero no porque esté enfadada contigo.

—Ya lo sé, mujer.

—Bueno, y también porque no me parece bien, sabes.

—¿El qué?

—Pues ir hablando como si nada hubiera pasado. Cada momento tiene lo suyo y éste es el momento de que yo me calle.

Suele suceder que cuando uno dice que va a callarse es cuando a continuación confiesa todo aquello que le tortura. Puede que Milagros estuviera a punto de decirme algo, al menos eso parecía por la forma en la que me miraba, con esos ojos que expresaban cosas que yo no supe descifrar. Yo, que siempre le había leído el pensamiento, no supe entender esa expresión de total desconsuelo porque en ella me resultaba completamente ajena. Era la expresión de alguien que yo no conocía. Ahora pienso que era la expresión de alguien que ella fue antes de que yo la conociera.

Pero si aquél podía haber sido el momento de alguna confesión, de algún indicio que cambiara el final de esta historia, se frustró porque la puerta se abrió de pronto y entró el aire fresco y el olor a gasolina y con ellos, Morsa, que traía el gesto y las maneras de estar enfadado conmigo. Venga, dijo, que cuanto antes lleguemos, antes nos volvemos.

Ya no se habló más en aquel viaje. Nadie quería hablar con nadie, y cada uno tenía sus razones. Milagros subió la ventanilla los últimos kilómetros porque nos helábamos de frío y Morsa puso la radio y se fue riendo de las imbecilidades que decían un grupo de contertulios que no tenían ninguna gracia. Yo sabía que él exageraba su risa para hacerme ver que lo que me había dicho en el bar (en el fondo una especie de declaración de intenciones) estaba olvidado, que no volvería a rebajarse de esa manera, que yo no era tan importante como para joderle la vida.

Cuando entramos en el pueblo estaba atardeciendo y es verdad que, si a mí me gustaran los pueblos y tuviera más sensibilidad para la belleza campestre, me habría parecido que ese conjunto de casas rodeadas de montañas chatas llenas de almendros en flor era un lugar en el que un niño podría ser feliz. Pero según íbamos avanzando con el coche por las calles estrechas y empinadísimas no veíamos ni niños, ni jóvenes, ni muchos indicios de vida. Algún gato que se nos cruzó y algún viejo de esos que siempre hay a la entrada de los pueblos, que son inevitables, como los pastores en el Belén. Yo veía la cara de Milagros por el espejo retrovisor, la veía mirar todo con el ansia y la emoción del que vuelve a casa después de mucho tiempo.

—Salí de aquí con ocho años —nos dijo.

Esperamos en el coche mientras ella fue a buscar las llaves de su casa y las del cementerio, que las tenía una tía suya. Las tías de Milagros, las antiguas vecinas de Milagros. Qué extraño se hacía verla entrar de una casa a otra, moverse con una familiaridad en un mundo tan ajeno al nuestro. Parece que a cada persona le atribuimos un paisaje, ese donde nosotros la hemos conocido, y para mí, el paisaje de Milagros era la calle Toledo, donde tantas veces había venido a buscarme, o la de Mira el Río Baja, donde se la había traído su tío Cosme a los ocho años, aquellos bares de Lavapiés por los que íbamos los sábados por la noche a tomar tapas, o esos otros de barrios desconocidos a los que me llevaba cuando habíamos montado el negocio boyante del taxi, bares en los que la conocían y que ella iba seleccionando por caprichos de su estómago de niña gorda: aquí la tortilla, aquí el café, aquí los berberechos. Era la sabiduría de Milagros: la tapa, el porro, la caña; dejar el taxi en segunda o en tercera fila y hacer amistad con camareros de bares baratos. Y el último paisaje de Milagros fueron para mí esas dos horas en las que el día se hace, el barrio de Pacífico, el bar de Mauri, y el Antiguo Matadero, el lugar en el que pasamos nuestros últimos meses juntas.

Pero ahora Morsa y yo observábamos sus movimientos con curiosidad, como si de pronto viéramos a una persona distinta, a una gemela que ella hubiera dejado en el pueblo.

Qué extraño ver cómo metió la llave vieja, enorme, de hierro, en la cerradura y nos abrió la que fue su casa los primeros ocho años de su vida. Su mano, que era también la mano del pasado, supo ir hasta ese lugar inapropiado en el que estaba la llave de la luz (muy arriba, detrás de la puerta) porque es algo que aún conservaba en la memoria del corazón y entonces una luz pobre y antigua alumbró aquel pasillo pintado de azul cielo en el que sólo dos pequeños cuadros con unas hawaianas que movían las caderas debajo de una faldilla de rafia parecían dar señales de una vida anterior, de una vida que yo nunca había sospechado, seguramente porque Milagros, me da vergüenza decirlo ahora, nunca me había resultado una persona misteriosa. Pero también digo yo que denota cierta inteligencia reconocer las cosas. Comparándome con ella yo siempre había considerado que mi pasado estaba lleno de secretos, de recovecos, de historias inconfesables que hacían de mí una persona interesante, incluso cuando íbamos de camino al pueblo y yo me sentí inspirada y conté un capítulo de mi vida que se había completado mágicamente hacía apenas unas horas, una de las cosas que me fastidiaron fue el escaso interés que provoqué en ella, y más teniendo en cuenta que Milagros me escuchaba siempre con tanto arrobamiento y que yo solía escatimarle todos mis secretos, tenía cierta racanería con ella, como la tenía también con Morsa, porque en el fondo, me parecían menos que yo. Pero qué sabía yo de lo que ocurría en su cabeza, de lo que el tiempo había borrado o había dejado en cuarentena y que de pronto, el hallazgo de un niño al que ella consideró hijo desde la primera vez que le vio los ojos, igual que una madre se siente ligada a la criatura que ve aparecer manchada por su propia sangre, había vuelto a invadir su mente. Ahora lo veo claro, fue como una enfermedad que queda latente, de la que uno se olvida porque necesita olvidarse para seguir viviendo, pero cuando la enfermedad arrecia, y dice de nuevo, aquí estoy yo, es porque te está condenando al infierno para siempre.

Milagros y su casa. Ahí estaban los olores de su niñez. Los que despedía ella misma cuando entraba corriendo sudorosa por el pasillo de las hawaianas; Milagros, la niña gorda de la foto que había encima de la tele del comedor vestida de comunión, embutida en un traje probablemente prestado, la niña que jugaría en ese mismo sofá de skay, comería en la mesa de patas torneadas a la vuelta de la escuela, grabaría esa M gigantesca con la punta del cuchillo en el tablero, con la intención de ser recordada en el futuro, cuando esa mesa fuera a parar a algún mercadillo de amantes de cosas viejas; Milagros, que se quedaría parada de pronto, como se quedan a veces los niños cuando parece que han visto un fantasma, y su mirada se acabaría encontrando con la foto en colores desvaídos del hombre recio, con patillas, un joven viejo de esos que hay en los pueblos, que estaba allí colgado de la pared porque era su padre y porque había muerto al poco de nacer ella, el hermano de su tío Cosme, una copia de su tío, la misma cara de bruto pero éste con pretensiones roqueras, como un roquero de pueblo, que tiene la piel cuarteada de trabajar en el campo y las espaldas enormes, pero que lleva patillas y pelo largo. Como si a su tío Cosme le hubiera calzado una peluca. Igual. Ahí estaría Milagros, protegida por las vecinas durante el día, vigilada desde Madrid por su tío Cosme, el bruto que no lo fue tanto, y cobijada por la noche en esa casa, pequeña y oscura, de ventanas diminutas, en la que mantenía diálogos con los muñecos, con los muebles, con ella, la voz de una niña que se anima a sí misma a comer, que dice te lo tienes que acabar todo, que pone deberes a la muñeca, que dice, ahora te pones el pijama, ves un rato la tele y luego te acuestas, ahora tienes que hacer las letras, ahora yo era la madre y nadie podía llevarme la contraria, ahora me acostaba en el sofá porque el sofá estaba triste. Milagros hablando, haciendo que su voz se convirtiera en todas las voces necesarias para un niño, jugando muchas noches alrededor de la madre dormida o perdida en la bruma, actuando con una madurez que luego perdió, estancada como se quedó en una infancia rara. Milagros aparentando una vida normal, la que ella imagina que tenían los otros niños, al lado del sillón en el que la madre parecía entregada casi ya a un final decidido.

Dormimos juntas en la que dijo que era su habitación. Y Morsa en la que fuera la de su madre. Estábamos muy apretadas en aquella cama pequeña con el cabecero de madera clara lleno de muñecos colgando de los barrotes. Yo sólo me quité los zapatos porque me daba escrúpulo desnudarme y meterme en unas sábanas que tendrían polillas o chinches o el olor de los muertos. Es imposible imaginarse qué sentiría ella durmiendo en su cama después de una ausencia de veintitantos años y rodeada por un fantasma que ahora sé que nunca se le había ido de su cabeza. Tuve la sensación de no dormir nada y tampoco ella parecía respirar como una persona dormida. Me daban miedo la oscuridad tan espesa y el silencio. Por eso yo no podría vivir en un pueblo. Ese silencio me parece inhumano. Si hubiera tenido valor habría ido hasta la habitación donde Morsa dormía y me habría abrazado a él, dejándole incluso que hiciera conmigo lo que quisiera, pero no me atrevía a salir al pasillo y recorrer los tres metros que me separaban de él. No sé el tiempo que estuve despierta, me dio la impresión de que fueron horas, pero en algún momento dado debí perder la conciencia porque cuando abrí los ojos una luz muy pálida entraba por el balcón e iluminaba la cajita del niño que Milagros había puesto encima de nuestra ropa, en la silla. Milagros ya no estaba a mi lado y el estar a solas con el niño muerto me produjo un cierto sobrecogimiento. La verdad es que durante el viaje había convivido con la caja como si llevara un gato, y ahora me resultaba muy inquietante que estuviéramos compartiendo el niño y yo la misma habitación. Me aterraba pensar que saltaran los enganches dorados de la cajilla y que el niño se incorporara y volviera la cabeza para mirarme. Tal pánico me entró que, estando como estaba, con la cabeza completamente tapada con las mantas, me llevé un susto mortal cuando la voz infantil de Milagros me dijo bajito al oído: «Ya está el colacao», y mi mente necesitó unos segundos para reconocer la voz y ser consciente de que no era la criatura quien me estaba ofreciendo el desayuno.

Tomamos colacao con magdalenas, los tres, como si tuviéramos quince años menos de los que teníamos y hubiéramos ido al pueblo de Milagros de fin de semana, a emborracharnos en el bar entre los viejos, a jugar a las cartas y a fumarnos unos porros en mitad del campo. Pero no. Eran las nueve de la mañana. No es la hora a la que se levantan tres adolescentes y Morsa y yo teníamos una cara que daba pena. Le notaba a él que le dolía todo el cuerpo, como a mí, del desajuste, de la incomodidad, de dormir en una casa que ya estaba para el derrumbe. Milagros, en cambio, parecía estar allí desde siempre, y desde luego, no estaba dispuesta a que realizáramos nuestra misión con lentitud. Se quedó de pie, al lado de la mesa, mientras desayunábamos, de brazos cruzados, con preocupación y con impaciencia, como hacían las madres antiguas, como hacía la mía, que uno no sabía nunca en realidad cuándo comía, si antes o después que tú, y en cuanto nos vio dar el último sorbo, dijo, venga, que hay que aprovechar antes de que haya gente por la calle y empiecen a preguntar.

CAPÍTULO 13

—¿Quieres que lea las palabras que había buscado?

—No, eso déjalo para el niño.

—Me da fatiga, mujer, no hemos traído ni un mal ramo ni una oración.

—Rézala tú, si quieres.

Delante de nosotras, el nombre grabado en el nicho, Milagros León, la fecha, 1950-1978, y la típica frase, «Tus hermanos y tu hija no te olvidarán nunca».

Yo recé un Padrenuestro, la versión antigua, la nueva no me dice nada. A mí lo que realmente me gusta es improvisar, cuando voy al cementerio el día uno a ver a mi madre improviso, recuerdo mentalmente cosas que imagino que a ella le gustaría recordar, yo qué sé, el mes que pasó Palmira en casa con el niño recién nacido y las tres tan felices por tener a la criatura en casa y al padre en

Barcelona, que para mí era desde luego el segundo gran motivo de felicidad, eran esos momentos en los que yo aún creía que podía ser alguien para mi sobrino, cuando aún no se habían vuelto definitivamente ajenos y gilipollas, todos, mi hermana, la criatura, y la que vino luego, porque el padre lo fue siempre, en eso no hubo ninguna sorpresa, y yo le cuento una y otra vez a mi madre lo felices que fuimos aquel mes, tanto, que sospecho que las tres hubiéramos deseado que la vida siguiera así para siempre, también le recuerdo cuando se casó mi hermana y yo salí, por sorpresa, al altar y leí el evangelio y mi voz sonó, todo el mundo lo dijo, como la voz de un ángel o de una locutora de radio y Palmira se emocionó y mi madre creyó que nos queríamos más de lo que nos queríamos y esa idea se le quedó ahí desde ese día y con esa idea se fue a la otra vida y que descanse en paz. Para qué contarles a los muertos cosas que no les gustan, cómo le voy a contar yo a mi madre el infierno de sus dos últimos años de vida, cómo le voy a decir que fue un verdadero alivio que se muriera y así poder darle la vuelta a la casa como se da la vuelta a un calcetín y hacer de ella un lugar despejado al que uno se alegra de volver todos los días cuando vuelve reventada de la calle. Improviso, le doy las gracias porque haya decidido descansar en paz de una puñetera vez y dejar de andorrotear por los pasillos y dejarme vivir. Al fin y al cabo, le digo, tú estás como una reina, como querías estar, entera y bajo tierra. A veces leo algún pasaje de la Biblia, de los Salmos, que a ella le gustaban tanto, y otras veces sólo me quedo allí, me paso una hora y veo a la gente yendo y viniendo entre las tumbas, en ese cementerio de ese pueblo en el que nadie me conoce.

Las oraciones no me gustan, sólo echo mano de ellas por compromiso, y eso es lo que hice, le recé a la madre de Milagros un Padrenuestro y luego un Dios te salve María, que es más como para las madres, y ya está, porque una persona a la que no has conocido no te sugiere nada en particular y porque Milagros estaba como loca por salir de allí para que nos fuéramos al otro lado de la tapia.

Mientras yo rezaba escuchaba la conversación que Morsa mantenía con el enterrador o como se llamen ahora los funcionarios de los cementerios. Se estaban fumando un pitillo sentados en una lápida y Morsa le preguntaba por los precios de los entierros, los precios de las losas, los precios de los nichos, los precios de panteones, los precios de las coronas. Morsa es capaz de pegar la hebra con cualquiera y agotar el tema más estúpido. Ya por el camino le había estado preguntando a Milagros que cuánto creía ella que costaría su casa, y ella decía, si no la voy a vender, y Morsa decía, ni yo la voy a comprar, sólo es por saberlo, y Milagros decía, un veraneante me la quiso comprar, y Morsa, ¿por cuánto?, y Milagros, por siete millones, y Morsa, ¿hace cuánto?, y Milagros, hace diez años, y Morsa, ¿y no se la vendiste, no le vendiste la casa cuando el tío te daba siete millones?; no, dijo Milagros; ¿una casa sin calefacción, sin ventanas nuevas, una casa tan chica, y no se la vendiste por siete millones?, pues que sepas que ya no la venderás nunca por ese precio; si ya te he dicho que no la voy a vender; ¿y para qué la quieres, si nunca vienes?; ahora voy a venir, ahora voy a venir.

Y así llegamos al cementerio, escuchando cómo Morsa desplegaba sus conocimientos sobre ventas, compras, burbujas inmobiliarias y sobre la idea que a él le rondaba, desde hacía tiempo (seguro que se le acababa de ocurrir), de comprarse una casita de pueblo y arreglársela él sólo con sus manos, de las vigas al último enchufe, una casa para poder desconectar, dijo.

Ay, Morsa, pensé.

Pero el hombre del cementerio se ve que no tenía esa mañana otra cosa mejor que hacer y fue contestando exhaustivamente a cada una de las preguntas, como si se hubiera levantado al alba y se hubiera sentado en aquella lápida a la espera de que llegaran unos forasteros a hacerle un interrogatorio sobre todas las posibilidades de ser enterrado y la relación calidad-precio.

Milagros se acercó al hombre y le pidió una pala, una o dos, y el hombre nos siguió con curiosidad y distancia hasta el bancal de almendros que lindaba con el cementerio. «Es que va a enterrar el gato, le dijo Morsa, con el cigarro en una mano y la otra en el bolsillo, que lo quería mucho.» ¿Cuál de ellas?, preguntó el enterrador. La del gato, dijo Morsa. Y dijo algo que no pude oír, pero supongo que dijo «la gorda». Y la otra, siguió explicándole Morsa, es su amiga de siempre, yo soy amigo de las dos, pero más de la flaca. La gorda me suena, dijo el enterrador, ésa me parece que fue conmigo a la escuela. Pues igual, dijo Morsa. Ya sé, dijo el enterrador, ya sé de quién era hija.

Milagros empezó a cavar al pie de un almendro.

—¿Y dice que viene a enterrar el gato? —dijo el enterrador.

—Sí, nada, es una cosa muy pequeña, el baulillo ese.

El enterrador vino hacia nosotras, yo aún no me había decidido a cavar.

—No, no, esto no se puede hacer —dijo—, esta tierra es privada, estos árboles tienen un dueño.

—Y al dueño qué más le da —dijo Milagros mientras seguía cavando.

—Que no puedes hacerlo —le dijo ya más impertinente—, y que sepas que si hay algún lío y alguien pregunta yo no me voy a callar.

—Pues no te calles, mucho que me importa.

—Y sé muy bien quién eres, no te creas que no, que aquí las caras no se olvidan.

—Yo también sé quién eres tú, a mí la cara de un gilipollas tampoco se me olvida, desde pequeño la tienes.

—Y tú la de pirada, de tal palo tal astilla.

—Míralo, el enterrador, bonito oficio que fuiste a escoger.

Morsa y yo nos habíamos quedado parados, asistiendo de pronto a aquella conversación tan desagradable y sin saber qué hacer.

—Eh, escucha, pirada, largo, ya te puedes ir yendo que yo no miro que seas mujer para darme de hostias.

Milagros le miró fijamente, con la pala en la mano, amenazante, como cuando se vistió de madre india y consiguió que me temblaran las piernas, y para nuestra sorpresa, el tío, que medía casi dos metros, se dio media vuelta y ya desde lejos repitió otra vez, ¡de tal palo tal astilla!, y luego dijo, se te va a caer el pelo y yo me voy a reír.

—Ni puto caso —dijo Milagros, y siguió a lo suyo, con fuerza, con brío.

Yo de vez en cuando hincaba un poco la pala, pero no tengo energía para las cosas físicas, así que me fui quedando a un lado, viendo cómo lo hacía ella, igual que Morsa se quedó apoyado en la tapia.

Cuando acabó el hoyo, tomó en sus brazos el baulillo y lo metió. Se sacó un sobre del bolsillo, lo puso encima de la caja y lo cubrió de tierra.

—A lo mejor tendríamos que haberlo hecho más profundo, Milagros, por seguridad —dije, utilizando ese plural absurdo que se emplea a veces cuando no has hecho nada. Me daba pavor que pasara cualquier perro por allí y pudiera desenterrarlo.

—Que está bien así, está bien así —dijo ella—. Ahora lee lo que traías.

—¡Morsa!, acércame la Biblia.

Morsa alzó los ojos al cielo como dando a entender el hartazgo que arrastraba desde que salió de Madrid y me acercó el libro. Yo lo abrí por una de las páginas que tengo dobladas, de las que leo cuando voy a ver a mi madre o de las que he leído alguna vez en la iglesia, por no escuchar al cura. En realidad no sabía si había abierto por la parte más adecuada pero esto fue lo que encontré, así, medio al azar:

Tenme piedad, oh Dios, según tu amor,
por tu inmensa ternura borra mi delito,
lávame a fondo de mi culpa,
y de mi pecado purifícame.

Milagros empezó a sollozar, tal y como lo hacen las personas que están en los entierros.

Pues mi delito yo lo reconozco
mi pecado sin cesar está ante mí;
contra ti, contra ti solo he pecado,
lo malo a tus ojos cometí.

Morsa se fue caminando hasta el límite del bancal, allí se quedó quieto, mirando el valle de árboles frutales. Él, el pesado, el irritante Morsa, el chulo que conducía sólo con una mano, se sentía esos días especialmente melancólico, tenía miedo de que la mujer de la que estaba enamorado ya no le quisiera, y que no hacer el amor con él todos esos días hubiera sido la forma de empezar a decirle que aquello se había terminado. Tenía miedo también de que ella no le hubiera querido nunca. Hace diez años hubiera pagado por estar solo, pero ahora, ¿de qué le servía? Tenía que ingeniárselas para no comer solo los domingos, montarse planes descabellados para tener compañía en las vacaciones de agosto, y siempre se veía forzado a salir, salir de casa, los sábados por la tarde, los viernes por la noche. Él, el simplón de Morsa, estaba respirando hondo, sintiendo lo que esa mujer a la que él consideraba infinitamente más inteligente y más sensible que él sería incapaz de sentir en todos los días de su vida. Estaba sintiendo con toda su violencia la belleza de lo que tenía delante de los ojos y la cantidad de olores maravillosos que le producían una tristeza que él nunca había sentido. O ahora o nunca, le iba a decir a Rosario, me iba a decir a mí, o empezamos en serio o ya no volveré a tu casa. No sabía qué palabras utilizaría ni si ella se iba a reír una vez más de él, pero ya no le importaba, tenía que apostar fuerte: no, Rosario, ya no te voy a echar un polvo cuando a ti te convenga, ni me voy a levantar una hora antes para que tú no te sientas comprometida, ¿pero qué te has creído? Tú ves al resto de la humanidad desde tu púlpito, tía, tú te crees que los demás estamos puestos ahí para actuar a tu antojo, pero yo ya no voy a seguirte el juego. Si te echo un polvo es porque voy a quedarme para siempre, y si no, me voy con otra, será por tías, hay miles de tías en el mundo que se irían con cualquiera, hasta conmigo por raro que te parezca.

Porque aparezca tu justicia cuando hablas
y tu victoria cuando juzgas.
Mira que en culpa ya nací,
pecador me concibió mi madre.

Milagros, la madre, la madre del niño enterrado a ras de suelo. Milagros, la hija, la niña que descubrió un día a su madre muerta en el sillón, y ahí la dejó, aparentando que la vida seguía su rutina de siempre durante días, acostándose a la hora de costumbre, levantándose para ir a la escuela, jugando por la tarde con los chiquillos en la plaza. Esas dos criaturas, una muerta y la otra viva, la madre y la niña, haciendo el teatrillo de una vida normal.

Milagros no quería rezar en la tumba de su madre, no quería, los hijos de las suicidas nunca perdonan. Aunque tal vez no fuera suicidio sino una dosis más fuerte que las acostumbradas. Heroinómana de pueblo, también las hubo. El escenario de su adicción no eran los portales cutres del centro de la ciudad, ni las aceras, ni los bancos de los parques, sino los bancales de almendros y luego la propia casa, la casa paleta y oscura. Milagros hubiera necesitado a alguien que le hubiera explicado las razones, las incomprensibles razones que, para los que estamos aferrados a la vida como lapas, pueden tener aquellos que deciden quitársela, hubiera necesitado que alguien, ese ángel de la guarda que nunca tienen los niños desgraciados, le hubiera ido desenredando la gran confusión mental que le produjo esa pérdida que ya estaba cantada. Los niños quieren a sus madres, aunque estén locas, aunque sean drogadictas, aunque sean borrachas, pero ese amor incondicional que todo lo perdona se acaba, como cortado de raíz, si la madre se quita la vida.

Ahora ya no sé si Milagros tenía su final planeado cuando salimos de Madrid o incluso antes, cuando el niño se le murió al día de tenerlo en casa, o si fue algo que se le fue ocurriendo sobre la marcha. A veces repito obsesivamente todas sus frases y gestos de aquel viaje y tengo el pálpito de que en aquel momento en que yo entré en el coche cuando paramos a comer ella quiso decirme algo. O pedirme algo. Una palabra tuya bastará para sanarme, dice el Evangelio. Lo que más me cuesta sobrellevar es la incertidumbre, esa parte misteriosa de sus pensamientos que nunca fue dicha y que nunca se sabrá. Prefiero pensar que fue una idea repentina, lo prefiero así, porque si se trató de algo premeditado me parece que la culpa cae aún más sobre mis hombros. Prefiero pensar que era tal la belleza de aquella mañana fresca, luminosa, de brisa suave y acariciante, que era imposible no sentirse íntimamente purificado, como cuando uno vuelve sucio a casa y la ducha barre el sudor y te deja sólo el cansancio de los niños. Quiero pensar que Milagros sintió que no habría forma de encontrar una felicidad más intensa que aquélla en el futuro. Prefiero pensar que de pronto, esa mujer de ideas caprichosas, tuvo una revelación, la esperanza de que podía encontrarse con su madre y con su hijo en la vida eterna, la certeza de que tenía la oportunidad de desandar el camino que había hecho desde los ocho años y que la había convertido en niña monstrua, en niña perturbada y dejada de la mano de Dios.

—Me voy a quedar en casa —me dijo cuando volvíamos a su casa con la idea de coger las bolsas y regresar a Madrid—. Me quedo en casa —me dijo.

—Pero cuántos días —le dije.

—Aún no sé, ya te diré.

—¿Y vas a estar bien aquí, tú sola, no va a ser demasiado triste? —le dije.

Uno quiere darle significado a las palabras, a las que fueron las últimas, quiere encontrar mensajes en los gestos. Ella se agachó para meter la cabeza por la ventanilla y darme otros dos besos. Fue el último gesto de cariño que tuvo hacia mí. «No estoy sola.» Me dijo eso pasándome la mano por la cara, como si por primera vez ella fuera la grande y yo la chica, ella la mujer independiente y yo la que suplicaba su compañía. «No estoy sola.» Puede que todo esté en el interior de esa frase o puede que no haya nada.

Quién nos iba a decir a nosotros, a Morsa y a mí, que a los tres días tendríamos que volver. Sonó el teléfono de madrugada, casi a las tres. Contestó Morsa. Fue una conversación muy rápida. Colgó y se me quedó mirando. Viajamos en el taxi del tío Cosme, con la mujer ecuatoriana a su lado, con nosotros detrás, como si fuéramos una familia formada por los extraños azares de la vida. El tío Cosme se sorbía los mocos de vez en cuando, al fin y al cabo, había sido como su hija. Y fue todo igual, la llegada a la casa diminuta, el pasillo de las hawaianas, el salón medio en penumbra, y la subida luminosa al cementerio. Esta vez íbamos más, unas veinte personas a las que besé sin enterarme muy bien de quiénes eran a pesar de los esfuerzos de Cosme por presentármelas. Esta vez iba un cura delante. El sepulturero no quiso encontrar su mirada con la mía. Sólo se acercó a Morsa para decirle al oído: que conste que yo no dije nada. El cuerpo de Milagros fue enterrado junto al de su madre. No sé si ése hubiera sido su deseo. Tal vez todos sus deseos estuvieran expresados en la carta que enterró con el niño, o tal vez sólo escribió una de esas frases cursis que vienen en las postales sobre la amistad y el amor que a ella le gustaban tanto.

Pienso que a Milagros le hubiera dado una gran alegría verme allí entre todas aquellas mujeres en las que se apreciaba un parecido físico con ella, verme como una más de la familia. El cura leyó unas palabras de la Biblia, pero las leyó de esa manera soporífera que tienen de leerla, como si fuera el notario que te está leyendo un contrato de compraventa, sin pasión, sin espiritualidad. Qué distintas a las que yo había leído sólo tres días antes:

Devuélveme el son del gozo y la alegría,
exulten los huesos que machacaste tú.
Retira tu faz de mis pecados,
borra todas mis culpas.

Crea en mí, oh Dios, un puro corazón,
un espíritu firme dentro de mí renueva;
no me rechaces lejos de tu rostro,
no retires de mí tu santo espíritu.

Eran palabras que parecían contener nuestro futuro. Milagros encontró el sueño eterno gracias a uno de esos botes de pastillas que me recetaba el psiquiatra. Si lo que me preguntas es si ella pudo haberle hecho algo inadecuado al niño, hacerle daño de algún modo, te digo rotundamente que no. Milagros era incapaz de hacerle daño a nadie. No puedo permitir ni que eso se insinúe. No. Que en paz descanse. Por otra parte qué más puede pedir una criatura que alguien dejó tirada en la basura. Es posible que cuando ella se lo llevó a casa en la caja de zapatos ya estuviera medio muerto de frío. Milagros lloró por él como lloran las madres por los hijos. Las madres dicen que darían la vida por los hijos, ¿la darían? Milagros la dio.

La mañana en que enterramos al niño cada uno de nosotros rumiaba su futuro, ventilábamos al aire fresco nuestras intenciones más inmediatas. A Morsa no le hizo falta ponerme un ultimátum, ni pronunciar ningún discurso, ni declararse, ni dejarme. Fui yo, la que después de leer los Salmos, tomé la decisión. Le vi allí, de espaldas, con las manos en los bolsillos, de pronto me pareció un hombre al que podría llegar a querer o al que a lo mejor ya estaba queriendo. Pensé que hay cualidades en las personas que no apreciamos hasta que no las vemos actuar sin que ellas sean conscientes de nuestra mirada. Él no sabía que yo lo estaba mirando, así que no había ninguna afectación en su presencia, ni la sonrisa de medio lado, ni su afán de parecer interesante, no quería darme a entender nada con sus gestos. Estaba simplemente allí, entregado al paisaje, mirando, oliendo, pensando en el futuro, cogiendo el cigarro entre los dedos como antes lo hacían los hombres, con la brasa mirando hacia la palma de la mano, diciéndose a sí mismo, ¿a quién tengo yo en la vida?

Deberíamos ver a las personas, pensé, cuando éstas creen que no las miramos. Yo miro demasiado violentamente, miro de una manera que hace daño, que provoca en los demás torpeza, tensión, miro sin poder evitar el juicio constante. No sé si nací así o si me convirtieron. ¿Pero quién soy yo para mirar de esa manera? Eso es lo que pensé viéndole tan ajeno a mí, siendo de verdad él mismo casi por primera vez ante mis ojos, libre de no sentirse vigilado. Y tuve claro que esa noche y la siguiente y la siguiente se quedaría en casa, tuve claro todos y cada uno de los pasos siguientes. Casi sentí en ese momento su cuerpo sobre mí, el abandono, el polvo que me dejaría embarazada, que me daría un hijo. No se puede cambiar el pasado, ni podemos evitar lo que ya somos, así que hagamos que empiece otra vida, pensé, una vida nueva que crezca de esta Rosario de la que ya no puedo librarme, esa Rosario a la que no le gusta ni su cara ni su nombre, hagamos una criatura inocente y hermosa que salga de ese yo que siempre he odiado. Tal vez sea la única oportunidad de borrar de mi alma la tara con la que nací, pensé, de buscar una redención, de hacerme perdonar el pecado original.